残照

今野敏

ハルキ文庫

角川春樹事務所

残照

1

星のない夜空に、大観覧車のシルエットが浮かび上がっている。その姿は、巨大なものがもつ独特のまがまがしさで地上のものを威圧しているようだ。

たしかにグロテスクだと私は感じていた。

観覧車の、人々に楽しみを提供するという本来の目的を離れて、その巨大さだけを誇っているような醜さを感じる。そして、大観覧車が見下ろしているこの一帯も、同様のものを私に感じさせる。

本来は華やいだ楽しい遊び場のはずだ。だが、そのビルの巨大さのせいで何だか近寄りがたいような気分になってくる。動物園で太りすぎの巨大動物を見たような気になるのは私だけなのだろうか？

そして、そのビルの問題点は巨大さだけではなかった。ゲームセンターやアトラクションが比較的夜遅くまでやっており、しかもビル内に朝まで開いているカラオケボックスやボウリング場、プールバーを抱えているとあって、たちまち不良少年たちのたまり場になってしまった。

場所が台場ということもあり、少年たちは車を連ねてやってくる。かつて、台場は何もないただの埋め立て地だった。今では、海辺に水着姿の若い女性が寝そべり、若者たちがそうした娘目当てに群がるような場所になった。

放送局ができたことでもこうした風潮に拍車がかかった。若者がこの土地に注目していた矢先に、朝まで遊べる遊興施設を作った愚か者がいた。

おかげで、台場にある我が東京湾臨海署はそこそこの実績を上げ続けることができている。口の悪い同僚は、ゴキブリの群に腐ったタマネギを放ってやったようなものだと言った。

実のところ、私も同感だった。

今夜のようなことが起きるのは必然だった。その死体は、大観覧車と別のアトラクションのタワーの中間に横たわっていた。

そのタワーは、客を乗せて急上昇させたり、逆に急降下させたりするためのものだそうだ。この類《たぐい》のアトラクションは絶叫マシンと呼ばれているらしい。その近くに倒れているこの若い男が、死ぬ間際に絶叫したかどうか、私は知らない。

死体の周囲には、あからさまな暴力の痕跡が見て取れた。あちらこちらに点々と血痕が落ちているし、それを靴で踏みにじった跡もいくつか残っている。血の付いた鉄パイプも落ちていた。

鑑識係は、それらすべての血痕をチョークの円で囲っている。彼らにとっては、あらゆる痕跡が恰好の獲物なのだ。

司法解剖の結果を待たないと、正確なことはわからないが、おそらく死因は背面にある刺し傷だろうと、鑑識の石倉係長が私に耳打ちしてくれた。その傷は深く、死体の周囲に池のように溜《た》まっているおびただしい血液は、主にその傷から出たものだろうと彼は言った。

若者は背後から刺されて死んだのだ。凶器は現場に残されていない。私も倒れている被害者を見たが、石倉係長と同意見だった。

被害者は、黒い薄手のジャンパーに黒のジーンズを身につけている。シューズも黒いスポーツシューズだ。おまけに、頭の近くに黒い野球帽のようなキャップが転がっていた。スポーツ用品メーカーのマークが入っている。全身黒ずくめだ。その黒いジャンパーの背中に、明らかに鋭利な刃物でつけられたとわかる切れ目がある。そこを中心にして、ジャンパーの背中は血でずぶぬれになっていた。

その血が固まりかけて、独特の臭《にお》いを発していた。それに糞尿の臭いが混じっている。人間は突然の死を迎えると必ず糞尿を垂れ流す。冴えない中年男だろうが、美少女だろうがその点に違いはない。

死んだのはまだ若い男だ。おそらく二十歳前だろう。

「安積《あずみ》係長、身元がわかりましたよ」

すぐ後ろで村雨《むらさめ》秋彦部長刑事の声がして、私は振り向いた。神経質そうに眉間《みけん》に皺《しわ》を刻んでいる。暗闇の中でかすかな街灯の光を浴びた村雨の顔色はいつもよりいっそう悪く見えた。

彼はクリップボードが付いたルーズリーフのノートを見つめていた。絶対にミスなどしないという覚悟が見て取れる。

村雨は自分にも他人にもミスを許さないタイプだ。優秀な警察官だが、私はしばしば彼の性格が鼻につくことがある。

「被害者は、吉岡和宏、年齢は十八歳。職業等詳しいことはまだわかりませんが、不良どもの間ではけっこう有名人だったようです。機捜の連中が聞き込みで洗い出しました」

その村雨の後ろには、桜井太《た》一郎《いちろう》巡査が忠実な犬のような態度で立っていた。桜井は村雨と組んで行動している。村雨は桜井を従順に飼い慣らしてしまったのではないかと、私は密かに気に掛けている。

警察という特殊な社会の中では、飼い慣らされておとなしくしているほうが楽に生きられるかもしれない。桜井がそういう生き方を選んだのかどうかは、私はまだ把握できずにいた。

観覧車のほうから、須田三郎部長刑事と黒木和也巡査がこちらにやってくるのが見えた。須田は、刑事としては明らかに太りすぎだ。必死に走っているのだろうが、よたよたとからだを揺すっている様子はどこかぎこちなく見える。

一方、黒木のほうは一流のアスリートを思わせる身のこなしだ。豹のように引き締まった体格をしており、須田を追い抜かないように気を配っているところは、ポルシェかフェラーリが低速走行をしているような余裕を感じさせる。

「チョウさん……」

須田が私に呼びかけた。係長で警部補の私をチョウさんと呼ぶのは、須田だけだ。私が部長刑事だった頃、彼と組んでいたことがある。それからずっと同じ呼び方なのだ。私は気にしていなかったし、他にも気にする者はいないはずだった。

いや、あるいは杓子定規《しゃくしじょうぎ》な村雨あたりは、密かに気にしているのかもしれないが……。

「被害者は、ブラックシャークのリーダーらしいですよ」

須田は、世界最大の秘密を発見したように深刻な表情で私に告げた。

「ブラックシャーク？」

思わず私は聞き返していた。「何だ、それは？」

「カラーギャングですよ。今、不良たちの間では、色によってグループを分けるのが流行《はや》っているんです」

そういう不良グループがあることはもちろん知っていた。警察庁は、暴走族やチーマー、カラーギャングを、犯罪助長集団ととらえて、道交法だけではなく、ありとあらゆる法律を駆使して取り締まる方針を打ち出した。当然、私たち所轄の刑事課強行犯係にもお達しが届いていた。しかし、実際に関わったのはこれが初めてだ。普段は少年課が面倒を見ており、彼らの小競《こぜ》り合いは地域課の仕事だ。

「ほら、被害者、黒いものを身につけているでしょう？　身につけるもので区別するんですよ」

「ほかに、何か目撃情報はあるか？」

「事件直後……、つまり、乱闘があった直後ですね、ここから走り去る車を目撃した者がいます」

被害者は仲間とともに乱闘騒ぎを起こした。その結果、こうしてアスファルトの上に冷たくなって横たわっている。乱闘を起こしたということは、戦っていた相手がいるということだ。カラーギャングを気取る不良グループはたいてい対立グループを持っている。

「それは、仲間か対立グループということか？」

「さあ……」

須田はものすごく申し訳なさそうな顔をした。そんな顔をする必要などないのだ。そう言ってやりたくなったが、私は黙っていた。

「そのへんのところは、まだ確認が取れていないんですよ」

私はうなずいた。そのとき、道路のほうを見て、私は少しばかり驚いた。そこにはパトカーが二台に鑑識のバンが駐車しており、そちらから、課長が近づいてくるのが見えたのだ。

榊原課長が現場にやってくるのは珍しい。どちらかといえば官僚的な警察官で、捜査の指示よりも書類の書き方、言葉使いや態度といった部下の管理に熱心なタイプだ。

村雨と馬が合うのではないかと、私は密かに思っている。

「安積係長」

榊原課長は私の名を呼び、目の前で立ち止まった。「不良少年同士の抗争だそうだが……？」

私は、どうして課長がこんな夜中に現場に現れたのかを訝《いぶか》りながらこたえた。

「まだ詳しいことはわかっていません。被害者は、ブラックシャークとかいう不良グループのリーダーらしいのですが、容疑者は特定されていません」

「本庁の捜査一課がやってくる。事実関係をまとめておいてくれ」

なるほど、そういうことか。

課長は、本庁の連中にみっともないところを見せたくないのだ。殺人ともなれば、本庁の捜査一課が出張《でば》ってくる。その現場で部下が何か失敗をやらかすのが耐えられないというわけだ。

私は曖昧《あいまい》にうなずいた。それ以上の反応をする気にはなれない。

「現場から逃走する車両を、交通機動隊が追跡したということだが、何か聞いているかね？」

現場から逃走した車があることは、須田から聞いたばかりだった。しかし、交機隊が車両を追跡したなどというのは初耳だった。

東京湾臨海署には、交通機動隊と高速道路交通警察隊が同居している。というより、東京湾臨海署が間借りをしていると言ったほうがいいかもしれない。

交機隊と高速隊は本庁所属だ。東京湾臨海署は、もともとその分駐所だった。臨海地区の発展を睨《にら》んで所轄署が併設されることになった。

いつしか東京湾臨海署はベイエリア分署などと呼ばれるようになった。日本の警察に分署という組織はない。だが、我が臨海署はあまりに規模が小さい上に交機隊や高速隊の分駐所と同居しているので、そう呼ばれるようになったのだ。

当初はマスコミなどが好んで使っていたが、今では警察の会議でも通用する呼び名になっていた。

ゆくゆくは二百人体制ほどの立派な所轄署に発展するはずだったが、臨海副都心構想が頓挫《とんざ》したことにより、今でも発足当時と同じく小さな所帯だった。建物もプレハブのままだ。

立派なのは、本庁の交機隊と高速隊のパトカーや白バイが並ぶ駐車場だけだ。ベイエリア分署の花形は、湾岸高速網を疾走する交機隊なのだ。

追跡したのは、あいつじゃあるまいな。

ふと、私はそう思った。あいつならば、対象者を逃がしたりはしないだろう。湾岸の高速道路網はすべて俺の庭だと豪語するやつだ。

「殺しでなければ、生安課に取られていた案件だな……」

榊原課長が言った。おそらく実績のことを考えて、刑事課主導の事案になってよかったと思っているのだろう。私は、別の理由で課長と同感だった。刑事は、一度獲物の臭いを嗅《か》ぐとそれを追わずにはいられないのだ。

私はこれまで知り得た事実をすべて課長に話した。情報はそれほど多くはなかった。村雨がそばでじっとその話を聞いていた。私の報告に漏れはないかをチェックしているのかもしれない。

つい、彼を見ているとそんなことを思ってしまう。もちろん、考えすぎだろう。おそらく、彼も情報を再確認しているに過ぎない。

やがて、本庁の捜査一課が現場に乗り込んできた。彼らはいかにも颯爽《さっそう》として見える。係長の警部を先頭に一つの班がやってきた。佐治《さじ》係長の第五班だ。

この班のことは知っていた。特に、その中の相楽《さがら》警部補については……。

彼らとは一度ならず、合同捜査本部で一緒になったことがある。

私は、本庁の佐治班への対応を榊原課長に任せることにした。課長はそのためにやってきたのだろうから……。

野太い排気音が聞こえて、まさか暴走族ではあるまいなと顔を上げた。ベイエリア分署に分駐しているパトカーだった。派手にタイヤを鳴らして急停車した。

その運転を見て、誰が乗っているのかすぐにわかった。

運転席から、交機隊のあいつが姿を現した。交機隊小隊長の速水《はやみ》直樹《なおき》警部補だ。

速水小隊長は、そこが刑事たちの縄張りであることをまったく意に介さない様子で、あたりを睥睨《へいげい》しながらこちらに向かって歩きはじめた。

彼は、榊原課長も本庁の佐治係長も無視するように私に向かって言った。

「うちの若い衆から連絡があった。風間智也に逃げ切られたそうだ。まったく、天下の交機隊が情けない。穴があったら入りたいぜ。しかし、風間が殺しの容疑者というのは本当なのか？」

速水がそう言ったとたん、本庁の刑事たちは一斉に榊原課長を見た。課長はうろたえている。

私も驚いていた。

「ちょっと待て」

私は速水に言った。「殺しの容疑者だって？　何を言っている。その風間とか言うのは何者なんだ？」

速水は、相変わらず落ち着き払っている。

「黒のスカイラインＧＴ－Ｒだ。湾岸線を千葉方面に向かってぶっ飛ばしているところをたまたまうちの若い衆が追跡したんだが、何でも殺しの容疑がかかっているというじゃないか」

「誰がそんなことを言ったんだ？」

速水は初めて榊原課長の顔を見た。私も課長を見た。課長は重々しくうなずいた。

「そうかもしれないと、私が言ったんだ。交機隊からうちに逃走車についての連絡があった。殺人事件と関連があるかもしれないからということでな……。私もそう思った」

私はうなずかざるを得なかった。

だが、できれば、本庁の連中が現れる前にそういうことは話しておいてほしかった。

「それで、おまえはわざわざそのことを報告しにここへ来てくれたというわけか?」

私は速水に尋ねた。そんな殊勝な男ではないはずだ。

速水はこたえた。

「そうじゃない。現場を見に来たんだ」

「現場を?　交機隊のおまえが?　何のためだ?」

「たまには刑事の真似事も悪くないと思ってな」

佐治係長は、速水のことを胡散《うさん》臭げに横目で見ていた。相楽警部補も、何やら速水と私のことが気になる様子だった。

私は、彼らを意識しながら、速水に言った。

「部外者の立ち入りは禁止だぞ」

「たまげたな、ハンチョウ。俺を部外者呼ばわりするのか?」

「どうして殺人の現場なんかを見たがる?」

「好奇心だよ。人間、好奇心には勝てない」

速水という男は、理由もなしに職域を超えるようなやつではない。何か理由があるはずだ。それを話そうとしないのが少しばかり腹立たしい。

私は、彼の手元を見た。革の手袋をしている。あたりにべたべたと指紋を残す心配だけはなさそうだ。

「こっちだ」

私は言った。「余計なものには決して触るな。チョークで囲ってあるところに気を付けろ」

「おい、ハンチョウ。俺はど素人《しろうと》じゃないんだ」

「刑事の仕事というのはデリケートなんだよ」

速水は私の顔を見て、意味ありげに笑った。

「デリケート？　ああ、そのようだな。おまえを見ているとよくわかるよ」

速水は、血だまりを注意深く避けるとかがみ込んで死体を眺めた。

「背中から刺されているな？」

私はうなずいた。

「ああ。それがおそらく致命傷だろうと、鑑識の石倉が言っていた」

速水は、しばらくかがみ込んだままでその傷口を見つめていた。考え込んでいるように見える。だが、何を考えているのか、私にはわからなかった。

やがて、速水は立ち上がった。

「うちの若い衆が追跡したのは、間違いなく風間のGT—Rだ。でなければ、交機隊が振り切られるはずはない。だが、本当に風間のGT—Rはこの現場から出ていったのか？」

速水は何が訊《き》きたいのだろう？

「どういうことだ？」

「言ったとおりの意味さ。風間がこの現場にいたという確証はあるのか？」

私はそばで、私たちの会話を聞いていた須田のほうを見た。須田は、突然授業中に教師に指された小学生のように目をぱちぱちさせた。それから、慌てて言った。

「現場から逃走する車両が目撃されているんです」

速水は、凄味《すごみ》のある眼を須田に向けた。須田はそれだけでさらに落ち着きをなくした。

「目撃者によるとですね、それが黒いスカイラインだったと……」

「その目撃者というのは何者だ？」

「喧嘩を遠くで眺めていた野次馬の一人ですよ」

「喧嘩をしていた連中の仲間じゃないのか？」

「違います。それは確認しました」

「その目撃者が嘘をついている可能性はないのか？」

「どうして目撃者が嘘をつかなきゃならないんです？」

須田のこの問いに、速水はこたえなかった。

「いいかげんにしろ」

私は速水に言った。「いったい何が言いたいんだ？」

速水は、私を一瞥《いちべつ》すると、落ち着き払った態度で周囲を眺め回した。刑事たちは、速水の言葉に聞き耳を立てているようだった。当然だ。いきなりやってきて、風間とかいう男を容疑者だと言ってみたり、目撃者が嘘を言っているなどと言いだしたのだ。

速水は、私に視線を戻すと言った。

「俺は風間をよく知っている」

「まさか個人的な知り合いじゃあるまいな？」

「仕事上の付き合いだ。やつは、交機隊にとってはお得意さんなんだ」

「検挙したことがあるのか？」

速水はたくましい肩をさっとすくめると言った。

「残念ながらまだない」

「それで、風間のことをよく知っているからどうしたというんだ？」

速水は遺体のほうに眼をやると、言った。

「やつは、札付きだ。だがな、ハンチョウ。後ろから刺すようなやつじゃないんだ」

私も思わず遺体のほうを見ていた。

その隙に速水は踵《きびす》を返してパトカーのほうに歩き始めていた。

私は声を掛けようかと思った。しかし、それよりも早く、速水は、パトカーに乗り込むと、派手なエンジン音を立てて現場から走り去った。

2

今日は朝から土砂降りだった。台場から海を隔た東京の町並みは完全に霞んで見えなかった。どうやら台風の影響らしい。東京湾臨海署は間に合わせのプレハブの建物なので、雨の音がことさらにうるさい。

その雨音の中で、署員は慌ただしく捜査本部の準備を進めていた。捜査本部ができることを、我々は「帳場が立つ」と言っている。総務係は朝から大忙しだ。

本庁から一つの班がやってきて、捜査本部は三十人態勢ということになった。総務係はまずそのための部屋を確保し、電話を何回線か用意しなければならない。刑事課の捜査員の他に連絡係として他の部署から人員を確保する必要もある。

東京湾臨海署の強行犯係は係長の私を含めて五人しかおらず、他の係から人を調達しなければならなかった。

少年犯罪ということもあり、生活安全課の少年係から二名応援に来てもらった。刑事課の盗犯係、知能犯係、暴力団係からそれぞれ若干名をかき集め、ようやく本庁とバランスが取れた。

私は、さらに課長に対して交機隊からの応援を要請した。交機隊は本庁所属なので、本庁と所轄とのバランスという点を考えると有利には働かないかもしれないが、私はどうしても速水の協力が必要に思えたのだ。

　課長は渋い顔をした。本庁所属の交機隊員を捜査本部に吸い上げるというのは手続き上、面倒なのかもしれない。しかし、私は譲る気はなかった。

　この事件に関して、暴走族が関わっているらしいことがわかった。暴走族について、速水より詳しい人間は、このベイエリア分署にはいないのだ。

　何とか課長に了承を取り付けると、私は「カラーギャング殺人事件特別捜査本部」という見事な墨跡が掲げられた会議室に臨んだ。まだ、本庁の連中はやってきていない。捜査本部に吸い上げられた他の部署の連中が三々五々やってくるところだった。机をどう並べるかについて、榊原課長と総務の係員が話し合っていた。

　課長は、なるべく全員の顔が見渡せるように机を四角に並べたほうがいいと言っていたが、会議室にそのスペースはなかった。結局、総務の言い分が通り、学校のように正面に向かって並べることになった。

　私は、とりあえず一番後ろの席に座り、次第に部屋の中が捜査本部らしく恰好がついてくる様子を眺めていた。課長が仕切っている限り、特にすることはないのだが、顔を見せていないと何かとうるさいのだ。上司というのはそういうものだ。

　雨足はいっこうに衰えない。その激しい音によって、現実が薄らいでいくような気がする。あわただしい捜査本部の準備が遠い世界で行われるような気分になってきた。

窓の外に眼をやると、緑が雨に霞んでいる。海も見えない。

「おい、ハンチョウ」

私を呼ぶ声で、現実に引き戻された。制服姿の速水が目の前に立っている。いつものことだが、機嫌が悪そうな顔をしている。

私は無言で彼を見上げていた。

「捜査本部に呼ばれたんだが、これは何かの冗談か？」

「本庁から第五班が丸ごとやってくる。それに、刑事課長やら管理官やらも乗り込んでくるだろう。強行犯係五人じゃ釣り合いが取れない。それで、他の部署からも人をかき集めたというわけだ」

「そんな話を聞いているんじゃない。どうして俺がデカの真似事をしなけりゃならんのだ？」

「どうして私が呼んだと思うんだ？」

「交機隊の俺を捜査本部に呼ぶなんてことを思いつくやつは、おまえくらいしかいないよ」

「この件には、暴走族やカラーギャングといった連中が絡んでいる。おまえの得意分野だ。その知識と経験をあてにしているんだ」

仏頂面《ぶっちょうづら》だった速水の顔に、ゆっくりと笑みが広がっていく。片方の頬だけを歪める、勝ち誇ったような笑みだった。

「最初からそういうふうに筋を通してくれればいいんだ」

「筋は通した。課長から交機隊のほうに話が行ったはずだ」

「俺が言う筋というのはな、ハンチョウ、あんたの口から聞きたかったということなんだ。課長なんざ、どうでもいい」

この速水という男は、警察組織とは別の論理で生きているのかもしれない。警察という特殊な社会の中では、決して得な生き方とは言えない。速水は私の隣の席にどっかと腰を下ろした。

やがて、強行犯係の須田、村雨、黒木、桜井がそろってやってきた。彼らは、それぞれに案件を抱えている。しかし、それを一時棚上げにしなければならない。帳場が最優先なのだ。

本庁の第五班は、十時に到着する予定だったが、その予定時刻より五分早くやってきた。捜査一課長が先頭だった。重大な事件の捜査本部の指揮は、本庁の刑事部長がとるが、今回の事件はそれには及ばないと判断されたのだろう。捜査一課長が捜査本部長ということになるようだ。

その後ろには、管理官の池谷警視が続いていた。ロマンスグレーのいかにも切れそうな刑事だ。

さらに、第五班の佐治係長が部屋に入ってきた。いかつい顔に鋭い眼をした典型的な叩き上げだ。警視庁の一班は、だいたい十五、六人で構成されている。警部が一人に警部補が二名ないし三名。部長刑事と巡査のペアが六組。係長は警部だ。

佐治係長にぴたりと付き従っているのが、相楽警部補だった。彼は、部屋に入ってくるなり、私を見つけて一瞬だが挑戦的な視線を飛ばしてきた。

相楽警部補とは、何度か捜査本部でいっしょになったことがある。彼は、野心家のタイプで、出世を何より望んでいるように見える。だいたい、出世コースといわれるのは公安や警備畑であり、刑事などというのはすでに外れているのだが、どうやら相楽はあきらめていないようだ。

私は彼の視線に気づかぬ振りをしていた。しかし、隣の速水は見逃さなかった。

「おい、ハンチョウ。相楽がまたガンを飛ばしてるぞ」

「気のせいだ」

「あいつは、おまえにライバル心を燃やしているんだ」

「そんなことはない。こっちは一介の所轄の係長に過ぎない」

「いや、あいつは誰が対抗心を燃やすに足る相手か、ちゃんと見極めているんだ。見る眼があるじゃないか」

「つまらんことを気にしてんじゃない」

「つまらんことだって？　捜査本部でこれ以上に面白いことがあるか？」

速水は、捜査にどっぷり浸《つ》かる気はないようだった。傍観者として人々の動きを観察するつもりなのだ。こいつはそういう男だ。常に一歩引いたところで、物事を見ているような気がする。

電話も設置され、連絡係と会計などの面倒を見る庶務担当の係員もやってきた。捜査本部の庶務は、大きな署では刑事総務の係員が担当するが、東京湾臨海署には刑事総務という部署がないので、署の総務から人が来ていた。

捜査本部の態勢が発表された。

捜査本部長は本庁捜査一課長で、副本部長が東京湾臨海署の野村武彦署長。この二人は、捜査本部に常駐することはできないので、実質の指揮を取るのは、捜査本部主任となった池谷管理官ということになる。

東京湾臨海署の榊原課長が副主任をつとめる。

幹部の発表に続き、第一回の捜査会議が始まった。まず、榊原課長が、昨夜の事件について説明した。

被害者の名前は、吉岡和宏、年齢は十八歳。所持していた免許証によると、住所は、中野区東中野一丁目。それが現住所であることが、すでに確認されていた。

職業は不明で、たぶん無職だったと思われる。今はやりのプータローというやつだ。吉岡和宏は、不良グループ、ブラックシャークのリーダーで、最近はよく台場の遊興施設に仲間とともに姿を現していたという。

そして、黒いスカイラインが現場から逃走するのが目撃されており、おそらく、交機隊が追跡したと記録されているのが、同一の車両だろうと課長は言った。

その車の持ち主は風間智也というらしいが、それはまだ未確認情報であると言って報告を締めくくった。

課長の報告には、昨夜知り得た以上の情報はなかった。あくまでも事実確認の報告だった。

少年係によると、ブラックシャークの構成員は五人ないし六人。もともとは、中野あたりにたむろしていたが、最近台場に進出してきたのだという。集団でカツアゲなどを繰り返しているようだ。

他のグループとの抗争事件も何度か起こしている。こうしたグループは、特定の敵対組織があるわけではなく、他のグループと顔を合わせるたびにもめ事を起こすらしい。

犬の喧嘩と大差ない。

不良グループにも流行があるらしい。九〇年代の初め頃には、渋谷のチーマーというのが流行った。センター街や井ノ頭通りあたりに数人のグループでたむろしていた。服装はボーダー系だった。だぶだぶの膝丈のズボンやバンダナ。だらしなくシャツの裾を外に出したスタイルが代表的だった。ヘアスタイルはロンゲと呼ばれる長髪が流行っていた。

その後、ニューヨークあたりのストリートギャングを真似たヒップホップ系のスタイルが流行りはじめた。派手にピアスを付けたり、頭を短く刈ったりする連中が増えた。たいていは黒い服を着ており、スポーツウェアなどを着る者もいた。

その頃になると、チームが都心の繁華街から減っていった。郊外に拡散していったのだ。

そして、いつしか彼らは身につける物の色でグループ分けするようになる。これも、アメリカの大都市のカラーギャングの影響だ。

赤、白、黒、青などの色に分かれて抗争を繰り返している。なんだか、七〇年安保の頃を連想してしまう。

セクトは、ヘルメットの色によってお互いを区別していた。七〇年安保は政治的な戦いだった。不良どもといっしょにするな。そう言いたがる輩《やから》がいそうだが、私には大差ないように思える。

要するに若い情熱をぶつけていただけだ。あの時代、政治はファッションだった。あの当時の難解な書物が、今はインディーズのCDに置き換わっただけだ。

若者たちは、今も昔も何かに苛立《いらだ》っている。そして、若者は大人が嫌いだ。全共闘運動や七〇年安保などというのは、学生が大人たちに抵抗するための手段だったのかもしれない。世代間闘争などと言われたが、要は親や学校の先生に押さえつけられていた鬱憤《うっぷん》を晴らそうというものでしかなかったような気がする。

政治の季節は終わった。日本という国は、ある意味で恐ろしい国だ。たった十年ほどで、若者から政治色をあっさりとぬぐい去ってしまった。政治的無関心は、支配者にとっては実に都合がいい。

情熱をもてあました若者から政治色を奪い去れば、当然、別の形の闘争が浮かび上がってくる。若者たちはバイクを連ねて暴走行為を繰り返し、街へ出て、犬の縄張り争いのような戦いを続けることになる。いずれにしろ、私たち警察官の仕事が減るわけではない。いつの時代でもそうした若者たちに共通するのは、大人たちに反発しているということだ。大人というものの影が薄くなった現代では、若者にとってはもはや反発の対象ですらなく、単に憎悪と軽蔑の対象となっている。

大人はオヤジ狩りの対象でしかない、情けない存在になり果てたのだ。

私も若い頃は大人が嫌いだった。しかし、それは成長すればいつかは解消される類の反発心でしかなかった。だが、今は違う。

全共闘世代は、あの時代、何もかもを否定した。ナンセンスと叫びながら、既成の価値観を全否定したのだ。その結果、自分たちをも否定することになり、挫折だけが残った。自己否定をしたまま大人になった彼らに、もはや存在感があるはずがない。

そのような世代が親になり教師になった。子供たちになめられるのは当然の成り行きだったのだ。

だが、私は全共闘世代だけを責めているわけではない。私自身も子育てという点に関しては負い目がある。仕事のために家庭をおろそかにした過去があり、その結果、私は離婚しなければならず、娘の涼子の教育はほとんど妻に任せなければならなかった。涼子はすでに二十一歳になっている。

課長の報告が終わり、鑑識係の石倉係長が代わって報告を始めた。私は、その報告に集中することにした。鑑識の報告というのは、耳を傾けるだけの価値がある。特に、この石倉係長の報告には……。

見かけは冴えない中年男だが、石倉の職人気質《かたぎ》は信頼できる。

石倉によると、現場には少なくとも三種類の血液が落ちていたらしい。一番多量なのは被害者のものに間違いはないが、その他に怪我をした者が少なくとも二人いたということだ。

O型が一つにA型が二つ。同じA型でも免疫学的な分類が違うと石倉は説明していた。被害者はA型だった。被害者の他にO型とA型の負傷者がいたということになる。

そして、その血液を踏んだ足跡がくっきりといくつか残っていた。運動靴らしく、そのパターンには特徴があり、すぐにメーカーが特定できそうだということだ。靴跡は、四人分、確認されていた。

被害者はブラックシャークというグループのリーダーだ。そのグループのメンバーや対立グループは、少年係がある程度把握しているはずだ。現場に残されていた血痕や靴跡とそのメンバーを照らし合わせれば、ある程度のことは見えてくる。メンバーの誰かを捕まえれば、昨夜ブラックシャークが抗争していた相手がわかるだろう。

それほど難しい事件ではなさそうだと感じた。捜査本部は二十一日を一期と考える。この事件は一期の内に片が付くように思えた。

石倉は、掃除機を使って現場から採取したありとあらゆる物を分析していると言っていた。そのうちにまた手がかりとなるようなものを見つけてくれるかもしれない。

本庁の刑事が、司法解剖の結果を報告した。致命傷はやはり、背中の刺し傷だった。その他、顔面や腹部に打撲傷や擦過傷《さっか》があり、激しい戦いを物語っていた。

刺し傷は、鋭利な刃物によるもので、深さは二十センチにも及んでいる。幅は四センチ。おそらく、刃渡りの大きなナイフのようなものによるものだ。包丁ならば、もう少し幅が大きくなる。

その後、現場から逃走したと見られる車のことが問題となった。黒のスカイラインGT—R。速水によると、それは千葉県在住の風間智也のものだという。捜査員が、すでに風間の自宅に向かっていた。身柄を拘束できれば、何か話が聞けるはずだ。

本庁の捜査一課長が、榊原課長に向かって尋ねた。

「その、風間とかいうやつはどういうやつなんだ？」

「暴走族だということです。千葉県在住なので、目下千葉県警にも協力を要請して詳しい資料を集めているところです。係員を自宅に向かわせて、事情を聞くとともに、任意同行を求めるつもりです」

「任意？　任意でいいのか？」

本庁の一課長は、叩き上げの刑事だった。赤ら顔に太い首。髪を短く刈っている。刑事の中の刑事といった風貌だ。その鋭い眼で見据えられ、榊原課長は落ち着かない様子だった。

「現時点ではまだ参考人ですから……」

「暴走族なんだろう？　別件で引っ張れるんじゃないのか？」

「相手が少年なんで、扱いには慎重を要するのです」

「少年か……」

　一課長は、渋い顔をした。少年法の縛りは時に捜査の障害になることがある。一課長はそれを気にしているのだろう。

　榊原課長は、一課長に言った。

「なお、風間智也については、交通機動隊の速水小隊長が詳しいようなので、彼から説明を聞いてはどうかと思います」

「交機隊？」

　一課長は、部屋の中を見回して交機隊の制服を着ている速水を見つけた。

「そちらにいるのが、速水小隊長かね？」

　速水は、革のブーツを鳴らして立ち上がった。

「速水です」

「風間智也という少年について詳しいというのは本当か？」

「ええ、まあ……」

「説明してくれないか」

　私は、なぜかはらはらしていた。速水がへまをやるのではないかという心配ではない。何か余計なことを言って捜査本部に波風を立てなければいいがと思ったのだ。

「風間智也は、千葉あたりの暴走族の中では有名人でしてね」

「最近は暴走族にもいろいろあるそうじゃないか」

「横浜のローリング族はテクニックを競いあいます。湾岸暴走族はスピードが好きなようですね。また、峠の走り屋たちは、ひたすら相手に勝つことを考えています。特攻服を着た昔ながらのマル走も健在です。しかし、自分らは、連中をことさらに区別はしません。道路交通法に違反するやつらは、皆、自分らの獲物です」

「なるほど。それで、風間智也だが……？」

　速水は説明を始めた。

「東関道や湾岸線を通って台場あたりにもちょくちょく顔を出すんです。やつは一匹狼で、どこのグループにも属していない。これは、やつらの世界ではたいへんなことでね……。どこかの勢力をバックに持っていないとたちまちつぶされちまうんです。だが、あいつは、生き残っている。そして、いろいろな伝説を作っているってわけです」

「いろいろな伝説？」

　一課長は、怪訝《けげん》そうに尋ねた。

「そう。最速伝説ですよ。やつのGT－Rにかなうやつはいない。風間は、GT－Rを自分の手足のように扱うんです。横浜あたりで騒いでいるローリング族やドリフト族なんて眼じゃありませんね。時には群馬あたりの峠に出かけていって、地元のやつらに挑戦するんですが、負けたことがないということです」

「まるで、風間という少年が気に入っているように聞こえるな」

一課長が言った。私も同感だった。速水の口調からは、風間という少年を買っているように感じられる。

「気に入っている？　冗談じゃありません。交機隊がぶっちぎられるんです。やつには、交機隊の面子《メンツ》がつぶされっぱなしでしてね……。いつか、首根っこをつかまえてやりたいと思っていたんですよ」

「そいつは、暴走族のヒーローってわけか？」

「暴走族と呼ばれる連中も、そう単純じゃありません。やつを目の敵《かたき》にしているグループもあれば、やつに憧れている連中もいる。まあ、いずれにしろ、千葉のやつらは、風間のことを無視はできないんです」

「傷害事件や性犯罪の前科《マエ》はあるのか？」

「暴走族に喧嘩沙汰は付き物です。あの世界にいる限りはよけては通れませんよ。千葉ではいろいろなグループと対立してますから、ずいぶん喧嘩もしているでしょうね。でも、摘発されたことはありません。やつは、きわめて頭がいい。尻尾《しっぽ》を出すような真似はしません。そして、くそ度胸がある。巧妙かつ大胆てやつですよ」

やっぱり、こいつは風間のことを気に入っているんじゃないか……。私は速水の話を聞いているうちに、そんな気がしてきた。

捜査一課長が言った。

「そこまで苦汁をなめさせられているのに、どうして摘発しないんだ？」

「自分らの仕事は、ほとんどが現行犯相手でしてね」

「なるほど……。ならば、今回は初めて堂々とやつを引っ張れるチャンスというわけだ」

「ほう。そうなんですか？」

「殺人現場から逃走している。そして、追跡する君の部下を振り切ったのだろう？　重要参考人だ。いずれは、容疑が固まるかもしれない」

「やつがやったとは思えないですね」

「どういうことだ？」

「風間はナイフなど使いませんよ。そんな必要はない。殺す気なら、相手を素手で殴り殺していますし。しかも、被害者は後ろから刺されている。これも、風間のやり口じゃない」

部屋の中にざわめきが広がっていった。

速水のこの言い分は捜査員には通用しないだろう。物的証拠や第三者の証言が何より大切なのだ。

捜査一課長は、案の定速水の言葉を聞き流した。

「まあ、そういうことは今後の捜査で明らかになるだろう」

そのとき、池谷管理官が、思案顔で速水に尋ねた。

「黒のスカイラインを追跡したパトカーは何台だね？」

速水は事務的にこたえた。

「追跡したのは一台。待ち伏せしたのが一台です」

「待ち伏せ?」

「はい。無線で連絡を取り合って、挟み撃ちにするのです。しかし、うまくいきませんでした。もしかしたら、風間のやつは自分らの無線を傍受していたのかもしれません」

「昔ならいざ知らず、今の警察無線は、スクランブルがかかっている。簡単に傍受などできないはずだ」

「そう。簡単にはいきませんが、何とかなります。そういうことを専門にやっているマニアがいますし、秋葉原に行けばいろいろな機材が手に入ります」

「まあいい。問題は、その車をたった二台のパトカーで追ったということだ」

「通常はそのように対処しますが」

「殺人現場からの逃走車両だぞ。どうして緊急配備《キンパイ》を敷かなかった?」

速水は、ちらりと私のほうを見た。私は、かすかに肩をすぼめて見せた。

速水は池谷管理官に向かってこたえた。

「自分らのパトカーが追跡したときは、殺人事件のことなんて知らなかったんですよ」

池谷管理官が怪訝そうな顔をして尋ねた。

「それはどういうことだ?」

「つまり、自分の部下はスピード違反の車両として追跡したわけです。その車両が、殺人現場から逃走したらしいというのは、やつを取り逃がした後に知ったことです」

「そうなのかね？」

池谷管理官は、榊原課長に尋ねた。榊原課長は苦い顔をしている。

「速水小隊長の言うとおりです。交機隊から湾岸線を千葉方面に逃走する車両があったという報告が入りました。その知らせを受けたのは、殺人の通報があって間もなくのことです。私は、咄嗟《とっさ》にその車両が殺人事件と関係があるのではないかと思いました。そして、その車両が現場から逃走したということが明らかになったのは、捜査員が聞き込みをした後のことです」

「その時点でも緊急配備は敷けたはずだ」

榊原課長は、ますます渋い顔になっていった。失策を悔やんでいるのかもしれない。

榊原課長は失敗などしていない。むしろ、交機隊から連絡が入った段階で、事件との関連を疑ったことを褒められるべきだ。しかし、榊原課長はそういう考え方をしないらしい。根っからの苦労人なのだ。

榊原課長に代わって、速水が言った。

「そんなことをしても後の祭りですよ」

池谷管理官は、眉をひそめた。

「後の祭り？」

「うちの若い衆が振り切られたんです」

その言葉には、自信と誇りがみなぎっていた。さすがの本庁捜査一課の面々も言葉がなかった。

池谷管理官は一瞬たじろいだように見えたが、すぐに次の疑問点を指摘した。

「しかし、よく交機隊から刑事課に連絡が入ったものだな。あくまでスピード違反で追っかけたのだろう？」

速水は、片方の頰だけを歪めてほほえんだ。

「ベイエリア分署は、チームワークが取り柄でしてね」

私は誰にも気づかれぬように、かぶりを振っていた。

チームワークが取り柄だって？　よく言う。

どうせ、速水は暇に飽かせて、私たちの署外活動系の無線でも聞いていたのだ。あるいは、署内に張り巡らせた速水の情報網に殺人事件のことが引っかかったのかもしれない。

それで、刑事課と連絡を取ってみる気になったのだろう。

速水というのはそういうやつだ。

だが、報告のしめくくりとしてはなかなかいい言葉だった。

須田が下を向いてこっそりと笑っていた。


風間の自宅に向かっていた捜査員たちから連絡が入った。風間は、千葉市内のアパートに一人暮らしなのだが、アパートに帰った様子はないという。風間の実家は同じく千葉市内にあるが、そちらにも立ち寄った様子はない。

黒のスカイラインGT—Rも、姿をくらましたままだった。

速水はその報告を聞いたときに、かすかにほほえんでいた。そして、私にそっと言った。

「あのまま東関道をまっすぐ進んで、茨城あたりまで行っちまったのかもしれない」

私は、思わず言っていた。

「おい。なんだか風間が捕まらなかったことがうれしいみたいじゃないか」

「ハンチョウ、誰にも言うなよ」

「何だ?」

「風間は俺の獲物だ」

私は溜め息をついた。

「おい、一つ言っておくが……」

「説教か?　緊張するな」

「捜査本部というのはチームワークなんだ。スタンドプレーは許されない。その点を、わきまえてほしい」

「わきまえているさ」

「おまえの言動からは、そうは思えないのだがな」

「心配性だな、ハンチョウ。早く年を取るぞ」

「ああ、たしかにおまえのようにいつまでも人生を面白がってはいられない」

「チームワークは尊重する。それは交機隊でも大切なものだ。ただな、風間を相手にしたら、誰かがスタンドプレーをやらなくてはならなくなる。それは、おそらく俺の役目だ。おまえもそう感じたから、俺を捜査本部に吸い上げたのだろう?」

「別にそんなことでおまえを呼んだわけじゃない」

「まあ、今にわかる」

速水は、訳知り顔で笑みを浮かべた。その笑いに妙な余裕が感じられ、私は、おもしろくなかった。

3

捜査員たちは二人組に分けられ、地取り、鑑取りの捜査に出かけた。本庁との合同捜査本部では、たいていの場合、本庁の捜査員と所轄の捜査員とが組む。そして、ベテランと若い刑事が組むことが多い。

それが一番効果的と思われているのだが、本庁の刑事の中には、所轄は道案内に過ぎないと考えている連中も多い。

私も本来ならば、本庁の刑事と組まねばならないのかもしれないが、交機隊の警官を捜査員として吸い上げた責任があると主張し、速水と組むことができた。

別に本庁の刑事と組むのが嫌なわけではない。これまで、幾度となくそういう経験はしている。速水の言動が心配だから、そばにいて監視をしていたかったのだ。

須田部長刑事が本庁の相楽警部補と組まされていた。相楽は、何かとやりにくい相手だろうが、須田ならばうまくやってくれるだろう。

須田は、見かけよりずっと優秀な刑事だ。刑事としては明らかに太りすぎだし、人付き合いに関していかにも不器用に見える。彼をよく知らない捜査員は、もしかしたら軽く見るかもしれない。

しかし、須田の洞察力はおそらく誰にも負けないくらい鋭く、彼の柔軟な思考は常に私を驚かせるのだ。

相楽は、野心に燃えた刑事だ。そして、いかにも刑事らしい刑事が好みのようだ。たぶん、相楽は須田の本当の実力に気づかないのではないだろうか。私はそう予想していた。

私は速水と、交機隊のパトカーに乗り込むことになった。捜査本部に車が用意されるのは珍しいことだ。捜査員たちはたいてい電車やバスで捜査に出かけるのだ。

事件に暴走族が関わっているということで、交機隊や高速道路交通警察隊の協力が不可欠ということになった。いざというときは、速水が交機隊や高速隊の指揮をとることになっていた。

私が乗り込んだのは普段速水が乗っているもので、スープラのパトカーだった。警視庁が初めて、ベイエリア分署だけに配備したパトカーだ。三台配備されており、このスープラ・パトカー隊は、湾岸高速網にやってくる走り屋たちを震撼《しんかん》させている。

リア・ウインドウに「交機13」と記されている。いかにも速水好みの番号だ。

運転席に座るのは速水だった。

「運転はお手柔らかに頼むぞ」

私は助手席でシートベルトを掛けながら言った。

「俺はいつでも安全運転だ」

速水は、ほくそ笑むとキーをひねり、けたたましいエンジン音を轟《とどろ》かせた。

「おい、このパトカーは、違法改造などしていないだろうな？」

「もちろん、していない」

速水はクラッチを踏んでギアをローに入れた。「だが、法の許す範囲でばりばりにチューンナップされている」

パトカーは巨人に蹴飛《けと》ばされたように駐車場を飛び出した。私は、体をシートに押しつけられ、思わずうめき声を洩《も》らしていた。

私たちは千葉県警本部に向かっていた。千葉県警の交機隊も、風間には手を焼いているのだという。風間の足取りを追うために、千葉県警に話を聞きに行くのだ。

首都高湾岸線に出ると、速水は風に乗るように車を疾走させた。次々と一般車両を追い越していく。それでいて、彼はリラックスしている。彼にとってはこれくらいの速度はどうということはないのだろうが、私は腹の底が冷たくなるような気がしていた。

「こんなに飛ばす必要はないだろう」

「飛ばしてる？　これでか？　刑事《デカ》のスピード感覚は亀並みか？」

たしかに、このスープラ・パトカーの底力と速水の腕をもってすれば、これくらいのスピードはどうということはないのだろう。

こいつの助手席に乗るからには、多少は慣れなければならないのかもしれない。私は、そう思い抗議するのを諦めることにした。

速水の運転のおかげで、予定よりずいぶんと早く千葉県警本部に到着した。あらかじめ、電話で用件を話していたので、向こうの対応も早かった。

私たちの応対をしてくれたのは、千葉県警交通課交通機動隊の中隊長で、中島茂典という名の警部だった。

白髪が混じっているが、日に焼けた精悍な感じのする警察官だ。腹は出ているが逞《たくま》しい肩をしている。

「スープラ・パトカー隊の速水さんか。名前は聞いている」

中島は、目尻に皺を寄せて速水に笑顔を向けた。同じ臭いを持つ男同士の共感を感じさせる笑顔だった。速水は悪びれもせず笑みを返している。

「風間のことだってな?」

中島中隊長は、時間を無駄にしようとはしなかった。「台場で起きた殺人事件に関係があるんだって?」

「それはまだわかりません」

私はこたえた。「ただ、風間智也のものと思われる黒いスカイラインが現場付近から逃走するのが目撃されています」

「黒い亡霊か……」

私は思わず聞き返した。

「何ですって?」

「黒い亡霊。ブラックファントム。風間のスカイラインは千葉じゃそう呼ばれている。

暴走族《マルソー》の連中がいつしかそう呼びはじめたんだ。実に神出鬼没でね、いつどこに現れるかわからない。追ってもぶっちぎられる」

「一度も検挙されたことがないそうですね」

「そう」

中島は、溜め息をついた。「情けない話だがね……。いや、風間のスカイラインは本当に亡霊なんじゃないかって言いだす隊員もいるくらいだ」

「事件当夜、東京湾臨海署に分駐している警視庁交機隊のパトカーが風間のものと見られている車を追跡しました。そして、逃げられたのです」

中島はうなずいた。

「それは間違いなく風間の車だな。交機隊のパトカーを振り切れるやつがそうそういるはずがない」

「その車両は、湾岸線を千葉方面に逃走しました。何か情報はありませんか?」

「こっちの交機隊でも、そっちの無線を聞いていた者がいて、手ぐすね引いて待ち受けていたんだが、結局現れなかった」

「現れなかった?」

中島は渋い表情になった。

「そう。高速にはやってこなかった。途中で下りたのだろうな。知ってのとおり、高速道路を管轄とする高速隊や交機隊は県境を越えて活動することがあるので、私らも東京方面の無線を聞くことがある。しかし、一般道のパトカーが警視庁の無線を聞くことはまずない。一般道をおとなしく走っている車を、誰も気にしない。そういうわけで、黒い亡霊は姿を消してしまったというわけだ」

私は、中島の言うことを慎重に検討してから言った。

「今朝、捜査員が風間の自宅と実家を訪ねたのですが、彼には会えませんでした」

「居所を知らないかと訊きたいのだろうが、こちらにも情報はないな。言っただろう。彼は神出鬼没なんだ」

私は、中島の気分を害さないように、言葉を選んでいた。

「しかし、警察の組織力をもってして探し出せないということはないでしょう」

中島は、私のほうを挑むように見ながら言った。

「そう。探し出せないことはないだろうね。しかし、これまで私らにはそういう必要はなかった。私らは刑事じゃない。一日に数え切れないほどの違反者や事故車を相手にしている。たった一台の車を対象にするわけにはいかないんだ」

「なるほど……」

私はそう言わざるを得なかった。

速水が私に言った。

「それが俺たちの仕事なんだ。刑事とは違うと言っただろう」

私は速水を無視して、中島にさらに尋ねた。

「風間の交友関係について何か知りませんか？　親しい友人とか、付き合っている女性とか……」

「あいつは一匹狼だ。誰ともつるまない」

「しかし、友人くらいはいてもおかしくはない。幼なじみとか、中学・高校の同級生とか……」

中島はもう一度溜め息をついた。

「いいかね？　何度も言うが、私らと風間の付き合いは道路の上でのことなんだ。私は彼を殺人などの刑事事件の容疑者として追ったことは一度もない」

私はうなずいた。無駄足だったかもしれない。

私がそんなことを思っていると、速水が突然尋ねた。

「現れるパターンはないのですか？」

私には何のことかわからなかった。しかし、中島にはわかっているようだ。にやりと笑うとこたえた。

「実はね、それを調べていたやつがいる。交機隊の隊員なんだが、こいつは風間にご執心でね」

速水は、凄味のある笑いを返した。

「その気持ちはわからんでもないですよ」

「パターンというほどはっきりしたものじゃない。しかし、そいつの分析のおかげである程度、風間が現れる場所を予想できるようになってきた。これを見てくれ」

中島は一枚の紙を取り出して私たちの前に置いた。

「これが、この一年間の黒い亡霊の目撃情報だ。場所と時間が書いてある」

それはコンピュータのプリントアウトのようだが、おびただしいデータだった。日時と場所がずらりと並んでいる。

ここにも須田のようなコンピュータ・マニアがいるようだ。それとも、今時はこれくらいはあたりまえなのだろうか……。

「その表をもとに、曜日ごとの目撃回数をグラフにしたのが、これだ。そして、これが、一カ月ごとのグラフ」

速水は表とグラフを交互に睨み付けていた。「月ごとのグラフよりも、週ごとのグラフに顕著な変化が見られるな……」

「そう。月末の土曜日に多く目撃されているだろう。そして、他の土曜日は、いろいろな場所に出かけているが、月末の土曜日は東京方面に出かけることが多いようだ」

「なるほど……」

速水は私に、表とグラフを差し出した。私もつぶさにそれを検討した。しかし、土曜ともなれば、若者たちが夜の街に遊びに繰り出す。それだけ黒いスカイラインGT—Rを目撃する人間も増えるというわけで、このグラフは、あまり意味がないような気がした。

思った通りのことを二人に告げると、中島中隊長は、再びにやりと笑って言った。

「これが、一般人の目撃情報だったら、そのとおりだ」

「違うのですか?」

「交機隊の隊員から集めた情報なんだよ」

なるほど、それならば多少事情は違ってくるかもしれない。

「これを、捜査本部に持ち帰りたいのですが、コピーをいただけませんか?」

「どうぞ、それをお持ちください」

私は礼を言って退散しようとした。お互いに忙しい身だ。時間を無駄にしたくはない。

中島が言った。

「しかしねえ。本当に、風間のやつが容疑者なのか?」

私はその口調が気になった。親しい人間が犯罪者だと聞かされたときに、人はよくこういう話し方をする。

私は慎重にこたえた。

「捜査本部ではそういう方針で動いていますが……」

「被害者は、後ろから刺されていたんだろう?」

「そうです」

「そこがどうもね……」

「何です?」

「風間は、刃物を使うようなやつじゃないんだよ。しかも、後ろから刺すなんて考えられない」

どうもわからなかった。

中島は、速水と同じようなことを言っている。二人は口をそろえて風間を弁護するようなことを言っているのだ。彼らは職務柄、風間をよく知っている。ならば、風間は本当に後ろから刺すようなやつではないのかもしれない。

しかし、物事にははずみということもある。そして、人間が常に同じような行動を取るとは限らない。

もし、人間が常に理性を失わず、自分自身の行動規範を守って生きていけば、世の中に犯罪などなくなるだろう。

私は、速水がどんな顔をしているか興味があった。勝ち誇ったような顔をしているかもしれないと思い、私は彼のほうを見なかった。

捜査本部では、千葉県警の交機隊から入手した資料をもとに、風間に対する網を張ることにした。それは、交通課や警視庁の交通機動隊が担当する。

刑事たちは、聞き込みで風間の行方を追い、また、彼の容疑を確実なものにするために歩き回る。狩人が確実に獲物を追いつめていくように……。

速水は捜査会議の間中、退屈そうな顔で腕組みをしていた。

「捕まるのも時間の問題だな」

私は、速水に言った。

「そうかな？」

速水は正面を見たままこたえた。

「風間が捕まらないことを期待しているように聞こえるがな……」

「期待しているわけじゃない」

速水はちらりと私のほうを見た。「気の小さい俺は、心配しているんだよ」

「心配？　風間が捕まらないんじゃないかと心配なのか？」

「そうじゃない。誤認逮捕の心配だよ」

「風間が犯人じゃないと言いたいんだな？」

「どうしても納得がいかない。後ろから刺して逃げるなど……」

「どんな人間だって、過ちは犯す」

速水はもう一度私のほうを見た。視線を正面に戻すと、つまらなそうに言った。

「まあ、そうだな」

私は何だか、刑事としての資質を問われているような気になってきた。

速水と話をしていると、時々そう思うことがある。速水がそういう話をするわけではない。しかし、彼は、やるべきことをやらない人間に無言の圧力をかける独特の雰囲気を持っているのだ。

池谷管理官が、司法解剖をした観察医からの報告を始めた。

傷の奥から、小さな金属の破片が発見されたという。焼き入れされた鋼の小さな破片だ。凶器の破片と見られていた。その破片は、現在鑑識に回され、凶器の特定を急いでいるが、おそらくナイフだろうということだった。

その破片を分析すれば、ナイフのメーカーがわかる。メーカーがわかれば、流通経路がわかり、それを買った人間も洗い出せる。

どのくらいの人数かはわからないが、とにかく手がかりには違いない。そのナイフを買った人間一人ひとりに当たるのは、気の遠くなる作業だが、それが刑事の仕事なのだ。

その報告を最後に今日の捜査会議が終わった。午後八時だった。捜査員たちは、それぞれにまた散っていく。再び聞き込みに出かける者、資料をあさりはじめる者、幹部と何事か真剣な顔で話し合いを始める者……。

我がベイエリア分署強行犯係の面々は、それぞれ外に出かけたようだ。

相楽と組んでいる須田はうまくやっているだろうか……。

雨はまだ降り続いていた。真っ暗な窓を雨が叩いている。台風が近づいているせいで、風も強まってきたようだ。

どうせ、一人暮らしだ。このままここに泊まろう。私は、ぼんやりとそんなことを考えていた。

すると、速水が私に言った。

「さて、出かけようか」

「出かける?」

「ここにいたって、風間はつかまらない」

「待てよ」

私はいささか慌てた。「闇雲に外に出たって見つかるもんじゃない。千葉県警からもらってきた資料を元に、捜査網を敷いているんだ」

「風間は網にはひっかからないよ」

「どうしてわかる?」

「やつは野生の獣並みに敏感だ。警察が動けば、必ず気づく」

「それで、おまえはどうしようというんだ?」

「パトロールだ。運が良ければ、やつを見つけられるかもしれない」

「パトロール? 嵐の夜だぞ」

速水は、意外そうな顔で私を見た。

「嵐? それがどうした? 刑事の仕事ってのは、嵐の日は休みなのか? そいつは楽しいてるな」

私は思わずうめいた。そんなつもりではなかったが、今日はこのままここにいようと考えていたのだ。たしかに、こんな夜に外に出るのが億劫《おっくう》になってきている。

地域課、私たちの時代には警ら課といったが、そこにいる頃には、嵐もなにもあったものではなかった。そういう日にこそトラブルが起きる。それが警察官の勤めだと思っていた。あの頃は若かったのだ。

「わかった」

私は言った。「出かけよう」

「嵐の日ってのは、何だか血が騒がないか?」

私は、何も言わなかった。

速水はさらに言った。

「マル走のガキどもも、同じなんだよ」


雨足はどんどん強くなり、助手席に座っている私には、フロントガラスを流れ落ちる水しか見えない。街灯や街の光が滲《にじ》んでいる。

だが、不思議なことに速水には前が見えているようだ。高速湾岸線をかなりのスピードで飛ばしている。

「ふざけやがって……」

いきなり速水がつぶやいた。

「なに?」

私が速水の顔を見た次の瞬間、隣の車線を一台の車が追い抜いていった。危険なスピードだ。その車が跳ね上げた水が、私たちが乗っているパトカーのフロントガラスに襲いかかった。

一瞬、前が何も見えなくなる。

にもかかわらず、速水はアクセルを踏んでいた。

「ベイエリア分署のスープラ・パトカーに水を浴びせるとは、いい度胸だ」

速水は、回転灯のスイッチを入れ、サイレンを鳴らした。

「おい、危ないぞ……」

私は、思わず言っていた。

そのとき、私は速水が頬を歪めて笑うのを見た。

「誰に言ってるんだ?」

猛然と雨粒がフロントガラスに襲いかかる。ワイパーがむなしく水をかき回している。

ひょっとしたら、今追い抜いていったのは、黒いスカイラインGT－Rではないか?

速水は、やつが現れるのを、職業的な勘で察知したのかもしれない。

テールランプが近づいてくるのが、私の眼にもわかった。速水はさらに加速する。こちらの行く手を遮るようにテールが横に流れた。

私は生きた心地がしない。

どうしてこいつらには道が見えているんだろう。いつスリップして、車がスピンしてもおかしくはなかった。

速水の表情はリラックスしきっている。今にも薄笑いを浮かべそうだ。

やがて、根負けしたように前の車の動きが鈍くなった。さすがに危険を感じたのだろう。

これ以上のバトルは死を意味する。

すかさず速水はシフトダウンしてアクセルを踏み込んだ。スープラはさらに加速して相手の前に出た。今度は速水が行く手を遮る番だ。

相手の頭を押さえ、徐々にスピードを落としていく。

相手は敗北を認めたように、車を左に寄せた。その車が路肩に停止すると、速水も車を停めた。

私は、大きく息を吐き出していた。確実に寿命が縮まった気がする。気が付くと、私は肩にものすごく力を込めていた。両手を握りしめている。

「おまえはここにいろ」

速水はそう言って、すさまじい雨の中に出ていった。

私は振り向いて彼の様子を見ていた。

相手の車は、スカイラインではなく、色も黒ではなかった。

世の中、そんなにうまくいくものではない。しばらくすると、ずぶぬれの速水が戻ってきた。

「相手は何者だ?」

私が尋ねると、速水は上機嫌で言った。

「知らん。たっぷりと脅かして、切符を切ってやった」

「ひょっとしたら、風間のやつが現れたのかと思ったよ」

「風間はこんなに簡単に白旗を振ったりはしない」

「追っかけることはなかったんだ。私たちは今、交通違反の取り締まりをやっているわけじゃない」

「すまんな、職業意識ってやつでね」

「職業意識？　趣味の間違いじゃないのか？」

「心外だな、ハンチョウ。俺は、ものすごく真面目な警察官なんだ」

どうせ、追い抜かれて水をかけられたのが頭に来ただけなのだ。

「とにかく、今日は引き上げたらどうだ？　ずぶぬれじゃないか」

「交通警察にとって、これくらい当たり前なんだがな……」

「若くないんだ。強がることはない」

速水は、検挙した車が発進するのを見送ってから、ゆっくりと車を出した。

「たしかに、俺は若くない」

速水は言った。「だが、年を取っているわけでもない。強がっているんじゃないんだ。これが、俺のやり方なんだ」

「いつまで、無茶な生き方をするつもりなんだ？」

「無茶な生き方ができなくなるまでだ」

速水が冗談を言っているのでないことは、その口調でわかった。私も冗談を言うつもりはなかった。

「私はとてもおまえの真似はできない。おまえがうらやましいよ」

「偶然だな、ハンチョウ。俺もおまえに対して同じことを考えていた」

「同じこと？　おまえが私のことをうらやましいと思っているという意味か？」

「思っている。おまえには仲間がいる。彼らはおまえを尊敬しているし、それは単なる尊敬じゃない」

「強行犯係の連中のことを言っているのか？」

「そうだ。あいつら、何があってもおまえに付いていくだろう」

「そんなことはない。私はだめな上司だ。いつも彼らに助けられている」

「本当にだめな上司なら、部下は助けたりはしない」

「私は、組織内の人間関係ばかり気にしている。おまえの奔放さがうらやましいよ」

「ハンチョウ。おまえの悪いところをひとつだけ指摘してやろう。自分を低く見過ぎるところだ」

「自分のことはよくわかっているつもりだ」

速水は、ふんと鼻で笑った。

「なあ、ハンチョウ。俺とおまえには、共通点がある。何だかわかるか？」

「二人とも警察官だ」

「そう。とびきり優秀な……」

速水は声に出して笑った。「だが、それだけじゃない」

「何だ?」

「二人とも大人になりきれないところだ」

私はその点について考えた。だが、それがどういうことなのかよくわからない。

「大人になることは、必要なのか?」

速水はこたえなかった。

4

捜査本部に戻ったのは十時過ぎだった。私は濡れた背広を脱いで椅子に掛けた。大雨の夜だというのに、署の中は賑やかだ。警察署は、二十四時間人の出入りが絶えない。夜になると、検挙された酔っぱらいや街娼、不良少年たちが次々とやってきて、昼間とは違う独特の雰囲気になる。本当のゴールデンタイムはこれから始まる。

速水は、分駐所に着替えを取りに行くと言って去っていった。先に自宅に帰れと言ったのだが、彼は帰る気はなさそうだった。速水は私と同じく、都内のマンションに一人暮らしだ。

彼が部屋で一人きりで過ごしているところを、なぜか私は想像ができない。このベイエリア分署を我が物顔で歩き回っているのが、一番速水らしいと思ってしまう。

警察で仕事をしているときが、最も自然な自分でいられるに違いない。プライベートという言葉が似合わない。任務と生き方が完全に一致している。もっとも、それは、私の勝手な思い込みかもしれない。

誰もが、個人的な問題や悩みを抱えているはずだ。しかし、不思議なことに速水からそういう話を聞いたことがない。

私は、捜査本部に戻る前に、強行犯係の席に寄ろうと思った。片づけなければならない書類がたまっている。捜査本部が佳境に入ったら、それに手を着ける暇もなくなるだろう。

強行犯係の席に、須田部長刑事がいたので驚いた。ノートパソコンに向かってしきりとキーを打ち込んでいる。てっきり、相楽といっしょに出かけているものと思っていた。

須田は、署と同じ敷地内にある独身寮に住んでいる。私たちは独身寮のことを、待機寮と呼ぶ。

聞き込みが終わったなら、待機寮に帰ればいいのだ。強行犯係に来る必要はない。

「なんだ、須田。おまえも書類がたまっているのか？」

須田は、いたずらしているところを見つけられた小学生のように目を丸くして私を見つめた。

「チョウさん。ああ、びっくりした。チョウさんこそ、どうしたんです？」

「係長ともなると、いろいろとやることがあるんだ」

須田は、にやにやと笑って見せた。

「俺、一生係長なんてなりたくないですね」

「そうもいかんさ。ここで何をしてたんだ？」

「今日の聞き込みの報告書を書いていたんです」

「そんなものは、すべて報告書にする必要はない。それくらいはわかっているだろう」

誰でもそうしている。聞き込みの結果はノートなどにメモを取っておいて、捜査会議などの結果、必要な証言については供述調書にまとめればいいのだ。聞き込みの結果をすべて報告書だの供述調書だのにまとめていたら、時間がいくらあっても足りない。

「ええ、でも……」

須田が困り果てたような表情になった。

「何だ？」

「そうしろと言われたんです」

くそっ。あいつか……。

「本庁の相楽がそう言ったんだな？」

「いえね、チョウさん。俺もこうしておいたほうがいいんじゃないかと思うんですよね。ほら、会議が円滑に進むじゃないですか。本来はそうすべきなんですし……」

「それで、相楽はどこにいるんだ？」

「捜査本部にいるんじゃないですか？」

「あいつも、報告書を作っているんだろうな？」

須田はますます困った顔になった。

「相楽さんには、いろいろと他にやることがあるようです」

「つまり、この仕事をおまえだけに押しつけているということだな？」

「いや、押しつけているだなんて、チョウさん。二人の合意で始めたことですよ」

合意という言葉をどこまで信じていいか疑問だった。

所轄の係長は警部補だが、本庁の係長は警部だ。本庁の係には、たいてい警部補が二人いる。相楽はそのうちの一人だ。つまり、所轄の係長である私と同じ階級で、須田より一階級上ということになる。

警察の階級意識はなかなか厳しい。特に、巡査部長と警部補の間には大きな垣根がある。須田の言う合意というのがどういうものかだいたい想像がつく。

私は踵を返して捜査本部の置かれている会議室に向かった。

相楽が佐治係長と何事か話し込んでいる。秘密を共有し合っているようなひそひそ話だ。情報の交換をしているだけなのだろうが、何となくこそこそと内緒話をしているように感じてしまう。

私はかまわず、相楽に近づいて言った。

「うちの須田が、聞き込みの結果をすべて報告書にまとめているのだが、それを指示したのは、あんたか?」

相楽は、驚いたように私を見た。そして、無防備に驚いたことが間違いだと気づいたかのように、表情を取り繕った。

「須田がそう言ったのか?」

「須田は二人の合意の上だと言った」

「その通りだよ。二人で話し合って決めたんだ」

「なら、どうしてあんたも同じ作業をやらないんだ?」

「役割分担だ。須田には、細かな段取りや根回しといったことは無理だ」

細かな段取りや根回しが無理？

やはり、この男は須田の能力を見抜いていない。うわべだけを見て、須田が無能と判断したようだ。どうせ、須田には書類仕事しかできないと考えたようだ。

「聞き込みの結果をすべて報告書にまとめる必要があるのか？」

相楽はあきれたように私を見返した。

「何を言ってるんだ。本来そうすべきなんだ。それが、正式な手続きだ」

「だが、それを実行している刑事はいない。なぜだかわかるか？　不可能だからだ」

「不可能？　私に言わせれば怠慢だね。やればできるんだ。現に須田はやっているじゃないか」

「大切な時間を割《さ》いてな」

「とにかく、だ。書類で情報を共有しておけば、今後の捜査に役立つことは目に見えている」

こんなやつが管理職になったら、部下はたまったものではない。そして、おそらく、相楽は私などよりずっと早く出世していくのだ。いつかは、私の上司になるかもしれない。

その時は、相楽は私に勝ったと思うのだろう。

うちの村雨も、杓子定規という点では人後に落ちないが、さすがに相楽のようなことは言いださない。現実というものを知っているからだ。

現場を駆けずり回っている所轄と、多くの時間を書類仕事に費やしている本庁の違いなのだろうか？　私にはただそれだけとは思えなかった。

私はひどく腹が立ってきた。

「やるなら、あんたも半分やるんだ」

相楽は、反感を露《あら》わにした。命令されたように感じたのかもしれない。

「安積さんよ……」

佐治係長が脇から口を挟んだ。「あんた、どういう権限でそういうことを言ってるんだ」

「権限の問題ではありません」

「二人の問題は、二人に任せておけばいいじゃないか。須田があんたに泣きついたのか？」

「須田は泣きついたりはしません。あいつは、言われたことは黙々とこなす男です」

「ならば放っておけばいいだろう。相楽にも考えがあってやったことだろうし、須田だって子供じゃないんだ」

佐治係長は、仲裁に入ったようなふりをして、実は相楽の味方をしている。

「たしかに須田は子供じゃない。ならば、子供並みの仕事を押しつけたりはしないではしいですね」

「ちょっと待て、安積君」

今度は佐治が顔色を変えた。「報告書を書くことが、子供の仕事か？　刑事にとって報告書や調書を書くことは重要な仕事だ。そういう書類なしには、裁判所は動かない。裁判所からの令状がないと、私らは何もできないんだぞ」

そんなことを、今さら講釈されなくてもわかっている。問題は、相楽が須田の能力を低く見て、手間の掛かる仕事を押しつけているということなのだ。

「だから、やるのなら、二人で手分けしてやれと言ってるんです」

「二人の問題だ。捜査のやり方は人それぞれに違う。あんただって、自分のやり方に口を出されりゃ腹が立つだろう？」

たしかに自分のやり方をあれこれ言われるのも腹が立つ。だが、それ以上に腹が立つのは大切な部下がないがしろにされたときだ。

報告書を書くというのは、警察官の仕事だし、須田もたいしたこととは思っていないかもしれない。しかし、たとえ些細《ささい》なことであっても、見過ごす気にはなれなかった。

相楽は以前から、東京湾臨海署の強行犯係に特別な感情を抱いているようだ。速水に言わせると、私に競争心を抱いているのだという。

そのせいで、須田が割を食うのを許せない。

「やり方に口を出しているわけではありません。報告書を作りたいなら、作ればいい。だが、それを須田だけに押しつけるなと言ってるんです」

「それが、やり方に口を出しているというんだ」

佐治係長も次第に気色《けしき》ばんできた。「いいかね、安積君。所轄の現場が忙しいのはわかる。だからといって、手続きがいい加減になっていいわけじゃない。こうした合同捜査本部は、それをチェックするいいチャンスなんだ。相楽はその点に配慮したんだ」

たしかに、日常業務に追われて、どこかいい加減になるところはある。だからといって、彼らに言われたくはない。方面本部の管理官が言うのなら話はわかる。だが、彼らは同じ刑事なのだ。

私は次第に脱力感を強く意識しはじめた。この二人を相手にしていても始まらないという、諦めに似た気持ちだ。

私は相楽に言った。

「とにかく、須田一人に雑用を押しつけるな」

私は、彼らに背を向けて捜査本部を出た。

今のやり取りを他の捜査員たちが聞いていたに違いない。彼らはどう思っただろう。

私の態度は大人げなかっただろうか？

ふと、パトカーの中で速水が言ったことを思い出した。

こんな私がうらやましいだって？

冷静になってみて気になるのは、私が抗議したことが、さらに須田にとって不利に働くのではないかということだ。意地になった相楽がさらに須田に辛《つら》く当たるということもあり得る。

強行犯係の席に戻ると、須田がまだせっせとノートパソコンに向かっていた。やめろとは言えなかった。

机に向かうと猛然と自己嫌悪が押し寄せてきた。

どうしてもっと、思慮分別のある態度が取れなかったのだろう。私の態度が、捜査本部に波風を立てるきっかけになるかもしれない。私のやったことは、結局誰の得にもならないに違いない。

私は、書類を読むふりをして、窓を叩く雨と風の音を聞いていた。

深夜になって、私は捜査本部に顔を出してみた。すでに、池谷管理官をはじめとする幹部たちは姿を消していた。佐治や相楽ももう帰宅したようだ。

本部には、当直の捜査員と連絡係の当番がいるだけだった。彼らは手持ち無沙汰の様子で、世間話をしている。まだ、捜査本部は始まったばかりで、緊張感がない。

捜査が進展してくると、捜査本部は二十四時間、賑やかになってくる。多くの捜査員が泊まり込みになり、ひっきりなしに電話が鳴りはじめる。

今はまだ、それほど状況が煮詰まっていないのだ。

ここにいる連中はさきほどの諍《いさか》いを聞いていたのだろうか？

私は少々気まずい思いで、部屋に入り、いつも座っているあたりのパイプ椅子に腰掛けた。誰も何も言わない。もしかしたら、気を使っているのかもしれない。あるいは、さきほどのことなど、まったく気にしていないのか……。

私は後者であることを切実に願った。

今夜はどこで寝ようか……。宿直室はすでに誰かに占領されているかもしれない。敷地内にある待機寮には空き部屋があり、蒲団もあるかもしれないが、今から寮に行くのも億劫《おっくう》だった。

結局、刑事課のソファが一番落ち着けそうだった。捜査本部にいても用事がなさそうなので、引き上げようかと思っていると、速水が姿を見せた。

制服ではなく、グレーのトレーニングウェアを着ている。

「待機寮で風呂を浴びてきたぞ。おまえも行ってきたらどうだ?」

さすがに四交替二十四時間制の交機隊は、分駐所内での過ごし方を心得ている。同じ敷地の中に居ながら、私はいまだかつて風呂に入ったことなどない。

きっと、速水は、分駐所や待機寮にいる交機隊員たちと、余裕たっぷりの態度で談笑してきたに違いない。たしかに、寒々とした一人っきりのマンションにいる彼より、そういう速水のほうが想像しやすい。

「俺はぼちぼち寝ることにするよ」

「どこで寝るんだ?」

「刑事部屋《デカべや》のソファだ」

「あそこの冷蔵庫にはビールが入っていたよな」

私は驚いた。

「私は知らんぞ」

「知らないのは、係長のおまえくらいなものだ。風呂上がりに一杯やりたいな。どうだ？付き合わないか？」

勝手知ったる他人の家、というわけか。まったく油断のならないやつだ。

私たちが連れだって強行犯係までやってくると、須田がまだパソコンに向かっていた。

「おい、須田。まだやっているのか？」

須田はさきほどとまったく同じ表情で顔を上げた。この男は、こういう場合にはこういう表情をする、と決めているのかもしれない。人との付き合い方があまりうまくないので、何かから学ぼうとしたのだ。

その何かが問題だった。おそらく、須田はテレビドラマなどからそれを学んだのだ。そのために彼の仕草や表情は戯画的で類型的な感じがする。

須田は、私と速水を交互に見て、まるで悪いことをしているところを見つかったように落ち着かない態度になった。

「あ、もうぼちぼち終わるんで……」

「もう十二時過ぎだぞ。当直でもないのに、こんな時間まで残っていることはない」

「だいじょうぶですよ、チョウさん。俺、待機寮に帰って寝るだけですから……」

「相楽に手分けするように言っておいた」

「あ、いいんですよ。俺一人で何とかできますから……」

どうせ、おそらくそういうことになるんだ。相楽は今後も手分けなどしないだろう。

「おい、聞き込みっていうのはな、永遠に終わらないんだぞ」

「わかってます。でも、相楽さんとの仕事が永遠に続くわけじゃないでしょう。捜査本部にいる間だけのことです」

速水が冷蔵庫から缶ビールを三つ持ってきた。本当に冷蔵庫にはビールがあったのだ。

速水は一つを私に手渡し、一つを須田に向かって差し出した。

須田は驚いたように私を見た。私がうなずくと、うれしそうに缶ビールを受け取った。

「何だ、その相楽と手分け、とかいうのは?」

私は再び自己嫌悪を感じ、顔をしかめた。

「何でもない……」

「須田は、相楽と組んでいたんだったな。二人の話の内容からすると、相楽が聞き込みの内容をすべて報告書にまとめろ、とか何とか、須田に命令したということか?」

私は小さく溜め息をついた。

「察しがいいな。刑事になれるぞ」

須田が慌てて言った。

「いえね、速水さん。命令されたんじゃなくて、相楽さんと俺の合意で始めたことなんですよ」

速水は須田にうなずきかけると、私のほうを見て面白そうに言った。

「それについて、相楽に文句を言ったということか？」

私は速水にそう言われて、気恥ずかしくなった。

「何をうれしそうな顔をしているんだ」

「さすが、ハンチョウ。やるときはやると思ってな。人間関係を気にしてばかりいると言った男の行動とは思えない」

「相楽の言うことは正論だ。本来なら、聞き込みの結果は報告書にまとめて、捜査本部全体で共有したほうがいいに決まっている。だが、実状に合わない正論だ。それを押しつけてくるのが許せない」

「言い訳することはない。俺だって同じことをしたさ。自分の舎弟がないがしろにされるのは我慢ならない」

「そう言ってもらうと、気が楽になるよ」

私はわざと皮肉な口調で言ったが、実は本心だった。

速水はビールを一口、ぐいっと飲んだ。私もそれにつられて一口飲んだ。よく冷えていて、思ったよりずっとうまかった。

「それで……？」

速水は須田に尋ねた。「何か収穫はあったのか？」

須田は口に含んだビールを慌てて飲み込んでから言った。

「ええ、それなんですけどね。やっぱり、ちゃんと書類にしてみると、見落としてしまいそうなことも確認できますね。ほら、普通なら、たいしたことじゃないと思って忘れてしまうことってあるじゃないですか。あるいは、話を聞いた相手の勘違いじゃないかと、勝手に判断してしまったり……」

私は興味を覚えた。

須田は聞き込みの結果を報告書にまとめる作業を通じて、何かを発見したということだろうか……。

「俺と相楽さんは、車の目撃情報を追っていたんですよ。現場から逃走した車が、本当に風間智也のものかどうか、確認を取るためにね。誰かが、ナンバーを覚えていたりしたら、確実ですからね」

「何かわかったのか？」

「車を目撃したという人は、全部で八人見つかりました。あの時間の台場っていうのは、地元の人間というのがほとんどいなくて、たいていどこかから遊びに来た若者なんです。それで、聞き込みに苦労しました」

「要点を言ってくれないか」

「あ、すいません。車を目撃した八人のうち、一人がナンバーを覚えていました。それは、風間智也の車と一致しました」

「確認が取れたということだな？」

「そんなことはわかっている」

速水はそう言うと、ビールを飲み干した。「追っかけたのは、うちのパトカーだ。間違いない」

私は慎重に言った。

「おまえたちは、あくまでもスピード違反で追っかけただけだろう? 風間の車がどこから現れたかは知らなかったわけだ。須田たちの聞き込みによって、風間の車が間違いなく犯行現場付近から逃走したということが明らかになったわけだ」

速水は、無言で肩をすくめた。たぶん、了解したという意味だろう。

「ただですね……」

須田が、真剣な表情になった。「八人のうちの二人が妙なことを言ったんですよ」

「妙なこと?」

「車は黒っぽかったけれど、スカイラインGT—Rじゃなかったって……」

私は速水と顔を見合った。

「それは、どういうことなんだ?」

「さあ、わかりません。もしかしたら、その目撃者は、車のことに詳しくなかったのかもしれません」

「そいつはおかしい」

私は言った。「車に詳しくない人間は、車種を否定したりはしない。何という車かわからなかったと言ったのならわからんでもないが、その目撃者は、スカイラインGT—Rではないと否定したんだろう?」

「ええ、そうなんですよね。でも、俺、実を言うと、報告書にまとめるまでそのことを忘れていたんですよ。現場から逃走した車が風間のものだという証言を求めていましたからね。ナンバーを見たという証言が得られた時点で、やった、と思っちゃったんですね」

何かを確認するための聞き込みというのはそういうものだ。警察官は、あらゆることを確認しようと、事細かに質問をする。だが、その結果をすべて把握できているかというと、実はそうでもない。筋に沿った内容は細かく覚えているが、それ以外のことは、忘れてしまうこともある。

これは須田を責められない。いっしょにいた相楽も責められない。

しかし、スカイラインではなかったという証言はどういう意味だろう?

「誰かが、風間をかばおうとしたんだろうか?」

私は、速水に言った。

「そいつはあり得んことじゃない。風間のシンパはいたるところにいる」

速水の口調はいたってのんびりとしていた。どうでもいいというような態度だ。実際、彼にとってはどうでもいいのかもしれない。

風間の車が現場から逃走しようが、そうでなかろうが、彼には関係ないのだ。どうやら、速水は、風間が犯人ではないと踏んでいるようだ。

しかし、現場で車のナンバーが確認されたというのは、風間にとって不利な要素だった。

これで、風間の容疑はますます濃くなったと言えるだろう。

私は、須田に尋ねた。

「住所と名前は控えてあるな?」

「住所と名前? 現場から逃走した車が、スカイラインGT—Rじゃないと証言した二人のですか? ええ。もちろん、控えてありますよ」

「どうするつもりだ?」

速水が私に尋ねた。

「話を聞いてみたい」

速水がゆっくりとほほえんだ。

「それは俺にとって、いいニュースだな。刑事の中にも俺の言い分に耳を傾けてくれるやつがいるということだ」

「何も、風間が容疑者でないとは言っていない。私は捜査本部の方針に逆らうつもりはない。ただ、確認を取りたいんだ。その二人がどういうつもりで、スカイラインGT—Rじゃない、などと言ったのか」

「わかってるよ、ハンチョウ。確認を取りたいのだな?」

速水はにやにや笑っている。

私が言ったことは本当だった。現場から逃走した黒のスカイラインGT—R。それが、今のところ、最有力候補なのだ。

殺害の現場を目撃したという証言が得られないので、まだ容疑は確定していない。おそらく、現場近くにいた連中は、被害者の仲間だ。彼らは、ひょっとしたら殺害の瞬間を目撃しているかもしれない。

だが、その証言はまだ得られていない。

もちろん、被害者の交友関係は洗っている。しかし、同じギャング仲間は何も言わない。

いろいろな理由があるのだろう。

例えば、警察に抵抗することが恰好いいと思っているのかもしれない。警察の手を借りず、自分たちでリーダーの復讐をしようと考えているのかもしれない。

そして、犯人を恐れている場合もあるだろう。うかつに口を割ったら、そのことで何か面倒なことになるかもしれない。そう考えている可能性もある。

口を閉ざせば済むと思っているのかもしれない。しかし、そのうちに、警察も犯人に負けず恐ろしいと思いはじめるようになる。

いずれは口を割るのだ。捜査員というのは甘くはない。たいていの犯罪者や偽証をしようとする目撃者は素人で、警察はプロだ。

素人がプロにかなうはずがないのだ。こんな簡単なことに、気づかぬ者がいる。彼らは警察をなめ、そして痛い目にあうのだ。

須田は、二人の目撃者の住所と名前をプリントアウトして私に手渡した。

「私は、ソファで寝ることにするよ」

須田が驚いた顔で言った。

「宿直室か待機寮で寝ればいいじゃないですか」

「ここのほうが気が楽だ」

速水はまだにやにやと笑っている。なんだか急に機嫌がよくなったようだ。まさか、たった一缶のビールのせいとは思えないが……。

速水が須田に言った。

「ハンチョウはな、何でもフェアにやりたいんだ。本庁の刑事が捜査本部にやってきている。彼らはここの待機寮に泊まったりはできない。宿直室も限られていて、捜査本部の連中は泊まれない。勝負をするなら、対等でやりたいんだ」

「おい、速水。捜査員は勝負などしない。協力をするんだ」

「こういうきれい事を言うのも得意なんだ」

私は、速水の相手をしているのがばからしくなった。

「須田。明日も早いんだ。いいかげんに帰って寝ろ」

「わかりましたよ、チョウさん。そうします」

速水は冷蔵庫からもう一本ビールを取り出している。

「交機隊に請求書を回すぞ」

「そんなことをしたら、絶対に制限速度以上で湾岸高速を走れなくなるぞ」

「明日は二人の目撃者を訪ねてみたい」

「かまわんよ。どうせ、俺はしがない運転手だ」

私は聞き込みに大切なパトカーを使っていいものかどうか考えた。だが、速水が雷車で移動するなど、考えられないことだった。彼だって、署にやってくるときは、バスとか電車を利用しているに違いないが、どうしても速水とパトカーを切り離して考えることができない。

しかも、彼は捜査本部に吸い上げられたにもかかわらず、かたくなに交機隊の制服を着ていた。これではパトカーで移動するしかない。

私は須田がくれたプリントアウトを見た。

「一人は、世田谷区在住。一人は町田だ。町田あたりから台場まで遊びに来るんだな」

「どこからだって来るさ。俺たちの若い頃とは違う。今の若い奴らは車やバイクを持っている」

私もビールをもう一缶だけ飲むことにした。

「八人の目撃者のうち六人が、現場から逃走したのは、黒のスカイラインGT―Rだと言った」

私は、速水に言った。「そして、そのうちの一人がナンバーを見ており、それが風間の車と一致した。それでも、おまえは風間が犯人じゃないと思うのか？」

「ハンチョウ。俺は風間が犯人じゃないなんて言っていない。ただ、後ろから刺すようなやつじゃないと言っただけだ」

「何か事情があったのかもしれない」

「わかってるよ、ハンチョウ。だが、そういった事情は刑事には関係ないんだろう。事実が何より大切だ。犯人の事情なんてものを考えるのは、弁護士や裁判官の仕事だ」

「そんなことを言いたいんじゃない」

「俺や千葉県警の中島が言ったことを気にしてくれているわけか？」

気にならないと言えば嘘になる。

速水や中島は、風間を特別な人物として見ているような気がする。黒い亡霊か……。

まるで、風間の伝説を大切にしているようだ。

「おまえは、風間という男が気に入っているんじゃないのか？」

速水は、私を一瞥してから、かすかに笑った。なぜ笑ったのか、私にはわからなかった。

「気に入っている？　冗談じゃない。マル走なんて、どうしようもない連中だ。社会のゴミだよ。ああいうガキどもは、残らずこの手でぶん殴ってやりたい」

「だが、風間という人間を認めているような口振りだ」

「たいしたやつだと思っているさ。だが、認めているわけじゃない。交機隊がコケにされているんだ。できれば、この俺がとっつかまえてやりたい」

「それは、獲物を追うハンターの口振りだな」

速水はかぶりを振った。

「ああ、そうかもしれない。だがな、相手は狩りの獲物じゃない。人間だというところが問題なんだ」

私には、速水が何を言いたいか理解できなかった。

「何が問題なんだ？」

「マル走ってのは、たいていはガキだ」

「そうだろうな」

「ガキってのは面倒なんだよ。やつら、警察との追っかけっこをゲームか何かだと考えている。捕まえて灸《きゅう》をすえても、また同じことを続ける」

「むなしい戦いだと言いたいのか？」

「そうじゃない。追っかけ方や灸のすえ方が問題なんだ。こっちが権力を振りかざして何か言っても聞きゃしない。ちょっと罠を張ると、汚ねえと罵《ののし》りやがる」

「検挙に汚いも何もないだろう？」

「そうだ。だが、やつらはゲームをやっているつもりでいる。だから、こっちもフェアにやるわけだ。そうすれば、やつらは負けを認めざるを得ない」

「風間に対しても同じことを考えているというわけか？」

「俺のやり方に例外はないさ。相手がどんなワルでも、どんな札付きでも、戦いはフェアにやる。でなければ、相手はこっちの言うことを聞かない」

速水の言うことは理解できるような気がする。しかし、非現実的であることは間違いない。

私はかぶりを振った。

「それはつらい戦いだ。すべての警察官が真似できるわけじゃない」

「そうか?」

速水は、そっけないくらいにあっさりと言った。「昔のオヤジたちはみんなやってたぞ」

5

目撃者の一人、西野康彦は世田谷区瀬田に両親とともに住んでいた。高校生だということだが、学校にはあまり行っていないらしい。午前九時過ぎに自宅を訪ねると、彼はまだ寝ていた。

何不自由ない家庭に見える。自宅は分譲マンションの一室だ。

西野康彦は痩せて小柄な少年だった。髪を短く刈り、それを金色に染めている。耳たぶにピアスの穴があいている。

私は警察手帳を見せた。

西野康彦は、ふてくされたようにそっぽを向き、壁に寄りかかった。警察官と話をするとき、こういう態度を取る若者は少なくない。

精一杯の抵抗なのだ。自分は警察など恐れていないと主張したいのだが、それはたいてい失敗に終わる。

私は、マンションの小さな玄関に、黒いスニーカーが置いてあるのに気づいた。被害者がはいていたのと同じようなスニーカーだ。問題は色だった。

被害者たちは、ブラックシャークなどというふざけた名前のグループを作っていた。彼らの色は黒なのだ。西野康彦がブラックシャークのメンバーかどうか、須田からは聞いていない。

「ちょっと、お話を聞かせてください」

私は西野康彦の眼を見て言った。

相手は眼を見ない。返事もしなかった。代わりにかすかに舌打ちをした。

「吉岡和宏さんが殺された事件についてです。事件の日、あなたは現場にいましたね?」

けだるそうに身じろぎするついでに、うなずいた。

「口に出してこたえてください。でないと、供述として認められませんので……」

西野康彦は、反抗心を露わに私を見た。しかし、すぐに眼をそらしてしまった。私はもう一度同じ質問をした。

「事件の日、現場にいらっしゃいましたね?」

「いたよ」

「そこで見たことについて、二、三、おうかがいしたいのですが……」

「何なんだよ……」

西野康彦は、苛立ったように言った。「人が寝てるところに押し掛けてきて……。眠いんだよ。出直せよ」

警察官が尋問するとき、相手の都合で出直したりはしない。そのことをわからせてやらなければならない。

私は、質問を始めた。

「あなたは、事件の直後、現場から走り去る車を目撃したと言われましたね？」

西野康彦は苛立ちを募らせた。それが態度ではっきりとわかる。

最近の若者はどうしてこうもこらえ性がないのだろう。何かを我慢したことなどないのではないか？　そう思えてくる。

「そのことなら、しゃべったじゃないか。もう帰ってくれよ」

「走り去った車の色と車種を覚えてますか？」

西野康彦は、今にも怒りを爆発させるかに見えた。しかし、私と眼が合うと、居心地悪そうに体を動かし、またふてくされたように脇を向いた。

私は、尋ねた。

「車の色と車種を覚えてますか？」

西野康彦は、面倒くさそうに言った。

「覚えてるよ」

「色と車種を教えてください」

「色はガンメタ。車種はゼットだよ」

「ガンメタ……？」

私が思わず聞き返すと、後ろから速水の声が聞こえた。

「ガンメタリック。黒に近いメタリックグレーだ」

私は振り向かずに、西野康彦を見つめていた。

「ガンメタリックのフェアレディーZということですか？」

「そうだよ」

「間違いありませんね？」

西野康彦はしかめ面をした。

「間違いねえよ」

私は、ふと気になった。須田は、車種や車の色のことは一言も言わなかった。言う必要はないと思ったのだろうか？　それとも、知らなかったのだろうか……。

「昨日、刑事が来たときに、そのことを言いましたか？」

「そのこと？」

「ガンメタリックのフェアレディーのことをです」

「言ってねえよ」

「なぜです？」

「訊かれなかったからな」

どうやら、西野は根負けしたらしい。強がりの演技というのは精神的に疲れるものだ。彼は、いちいちポーズを付けずにしゃべりはじめた。

「刑事たちは車種や色を質問しなかったということですか？」

「そうだよ」

「その時のことを詳しく教えてくれませんか？」

これは、もしかしたら訊く必要のないことかもしれない。他の刑事の仕事のやり方をチェックしていることにもなる。だが、私は聞いておきたかった。

「よく覚えてねえよ」

「思い出してください」

私は妥協するつもりはなかった。

西野康彦はまた身じろぎした。だが、今度は明らかに緊張のためであることがわかった。

「現場から走り去る車を見たと言ったら、刑事が、それは黒い車か、と訊いたんだ」

「それで……？」

「俺は違うと言ったよ。だって、違ったんだからな。間違いなくガンメタだった。そしたら、刑事がそれはスカイラインGT―Rだったかって訊いたんで、俺は違うと言った。それだけだよ」

なるほど……。うまい質問の仕方ではない。しかし、現場から走り去った車が風間のものであることを確かめようとするだけなら、それでも充分なのかもしれない。

捜査員が聞き込みの際に話を聞く相手は一人や二人ではない。効率ということも考えなくてはならない。

須田や相楽に落ち度があったかどうか、私には判断できなかった。

「もう一つ、うかがわせてください」

私は言った。「殺された吉岡和宏さんは、ブラックシャークというグループのリーダーだったそうですね」

「ああ、そうだよ」

「あなたも、そのグループの一員ですか？」

一瞬、彼が迷ったのが見えた。これで、彼がどうこたえようと、事実は明らかだ。

西野康彦は、本当のことを言った。

「そうだ。それが何か問題か？」

「いいえ」

私は言った。「今のところ、この事件に関しては何の問題もありません」

「吉岡は、面白いやつだったよ」

西野はにやりと笑って言った。凄味を出そうとしたらしいが、失敗していた。「吉岡に付いていけば、俺たちはけっこう楽しめた」

ブラックシャークのメンバー、つまり被害者の仲間が、現場から走り去った車が風間のものではないと証言した。これはどういうことなのだろう。慎重に考えなくてはならない。

私たちは、西野康彦に礼を言って去ろうとした。

「へえ、脅したりはしねえんだな」

玄関を出ようとしていた私は、思わず振り返った。

「脅す？」

「昨日の刑事みたいにさ」

「昨日来た刑事が何か言ったのですか？」

「いい加減なことを言ってると、後で泣くことになるぞ……。そんなことを言ってたな」

須田がそういうことを言うとは考えられない。とすると、相楽が言ったのだ。

「本心からじゃなくても、礼を言われると悪い気はしねえな」

「礼を言ったのは本心からですよ」

私はそう言うと、玄関を出てドアを閉めた。

速水は終始無言だった。私の後ろで西野康彦にプレッシャーをかけていたのかもしれない。あるいは、西野が素直にしゃべりはじめたのは、速水がいたせいなのではないだろうか。私はそんなことを思っていた。


二人目の目撃者は、町田市在住の梶典之。離婚した母親と、マンション暮らしだった。年齢は十八歳。高校を中退し、現在は無職だ。

梶典之のもとを訪ねたときはすでに昼近くなっていたが、やはり梶も寝ていたようだ。母親は仕事に行っているのか、留守だった。

梶は上下そろいのスウェットのスポーツウェアで玄関に現れた。寝起きで機嫌が悪そうだが、警察官はそんなことは気にしない。

私は警察手帳を出したが、その必要はなかったかもしれない。私の後ろに交機隊の制服を着た速水がひかえているのだ。我々が何者か、梶典之にはすぐにわかったに違いない。

梶典之は、まぶしそうな眼で私たちを見た。

長髪を顔の両側に垂らしている。その髪は茶色に脱色されていた。

私たちが若い頃、大人たちは長髪の男を嫌悪していた。それは学生運動のシンボルであり、時代のシンボルだった。

私も学生の頃は今よりずっと髪が長かった。こうして中年になり、若者の長髪を見ると、やはりあまりいい印象を抱かない。不思議なものだ。

長身の梶は、西野よりも少しばかり威圧感がある。不良少年も、場数をこなせば凄味は出てくる。

これは、西野よりも手強《てごわ》いかもしれない。私は覚悟した。

「なに?」

梶は、私を見ながら言った。西野のようにつっぱってはいない。

「吉岡和宏さんが殺された事件について、少々うかがいたいのですが」

私は相手がどう出るか心の中で身構えた。

しかし、相手はあっけなく言った。

「何が訊きたいの?」

「事件当日、あなたは現場にいましたね?」

西野康彦にしたのと同じ質問をした。

「いたよ」

梶は、抵抗らしい抵抗を見せずにあっさりとうなずいた。

「事件直後、現場から走り去る車を見たということですが、それは事実ですか?」

「見たよ」

口調はぞんざいだが、反感は感じられない。

「その車の種類と色を覚えてますか?」

「夜だったからなあ……。色はわかりにくかったなあ……」

「どんな色に見えました?」

「黒っぽかったよ」

「黒ですか?」

「いや、黒とは反射の仕方がちょっと違っていたな」

「反射の仕方?」

梶は、西洋人のように肩をすくめて見せた。

「街灯の下を走ったときにわかるんだよ。黒い車は独特なんだ」

「では、何色だったのです?」

梶は考えている。記憶をまさぐっているのかもしれない。今考えているということは、やはり相楽と須田の組は、色や車種について尋ねなかったということを物語っている。

そして、驚いたのは意外に梶が協力的なことだった。西野康彦とはずいぶんと違う。何か裏があるのだろうか？　私はまだ警戒を緩めなかった。

「メタリック車だったな。たぶん、ガンメタだ」

「車種は？」

「旧型のゼットだな」

西野康彦の証言と一致した。

私は、後ろで速水がどんな顔をしているか見たくなった。しかし、梶典之にプレッシャーをかける必要があったため、振り向かなかった。

「吉岡和宏さんは、ブラックシャークというグループのリーダーでしたね？」

「グループね……」

梶は苦笑した。

たぶん、彼らはグループなどとは言わずに、別な呼び方をするのだろう。

「そう。吉岡はリーダーだった」

「あなたは吉岡さんと親しかったのですか？」

「その質問は難しいな……」

ようやく目が覚めたのか、梶の態度が少しばかり変化してきた。彼は抜け目なさそうな笑いを浮かべはじめたのだ。これが彼本来の姿なのかもしれない。

「難しい？」

「そう。たしかに俺は吉岡とつるんでいた。けど、仲がよかったかどうかはわからねえな

「つるんでいた？　それは、あなたもブラックシャークのメンバーだということですか？」

「ああ。でもよ、吉岡を気に入っていたわけじゃねえ」

「じゃあ、なぜ……」

このとき、はじめて梶典之はわずかな動揺を見せた。どうこたえたらいいか考えているようだが、本当のこたえではなく何か適当な理由を考えているように見えた。

「仲間といると、いろいろと楽しいことがあっからよ」

「なぜ、ほかのグループじゃなく、ブラックシャークだったのですか？」

梶はまた考えた。

「ブラックシャークは勢いがあんじゃん。そういうチームにいると、いろいろと得すんだよ」

「得をする？」

梶はまた肩をすくめた。

「女の子が寄ってくるし、街の中ででかい顔ができる」

今度は私が考える番だった。

梶は何を警戒しているのだろう。明らかに何かを隠そうとしているようだ。隠そうとしているというのが言い過ぎだとしても、何かをごまかそうとしている。


……」

車の色や車種を尋ねたときには、そういうそぶりは見えなかった。ブラックシャークの話題になってから、落ち着きをなくしたようだ。

私は速水の応援を仰ぐことにした。振り返ると速水に言った。

「何か訊いておくことはあるか？」

速水は落ち着き払った態度で尋ねた。

「なぜ、ブラックなんだ？」

この質問の意図は、私にはわからなかった。だが、梶をさらに落ち着かなくさせたようだった。

「なぜって……。そりゃ、どういう意味だよ？」

「色によってチームを区別しているのは知っている。だが、どうして黒を選んだんだ？」

梶は苦笑して見せた。しかし、あまりうまくいかなかった。咳払いすると言った。

「何となくだよ。やっぱ、黒はチョー人気でさ。俺たちは腕ずくでその色をゲットしたわけよ」

私は体を斜めにして、梶と速水の顔を交互に見た。梶は表情を閉ざした。

そして、私は速水の表情も読めなかった。付き合いは長いが、いまだに彼が何を考えているかを正確に言い当てたことはない。

やがて、速水は言った。

「そうか」

それだけか？　私は拍子抜けした。

私たちは質問を終えて、帰路についた。

パトカーに乗り込むと、私は速水に尋ねた。

「どうして、あんな質問をしたんだ？」

速水は片手でハンドルを操りながら、聞き返してきた。

「あんな質問？」

「なぜブラックか、という質問だ」

「何か訊けと言われたからだ」

「何か意味があるのか？　カラーギャングたちの色分けに」

「意味？」

「例えば、色に位があるとか……」

「知らないよ」

私は脱力感を覚えた。

「ただな……」

速水が言った。「風間の車の色は黒だろう？　やつは、ブラックファントム……、黒い亡霊と呼ばれている。同じ黒なんでな……」

「それに、どんな意味があるんだ？」

「わからんよ」

私は、黒という共通点についてしばらく考え、話題を変えることにした。考えてもわからないことは、考えないほうがいい。

「西野康彦も梶典之も、現場から走り去った車は黒のスカイラインGT—Rではなかったと言った」

私は頭の中を整理しながら言った。「そして、二人は、その車がガンメタリックのフェアレディーZだったと言った。この証言は共通している」

速水は、正面を見据えたまま、私の口調を真似るように言った。

「しかし、二人とも殺された吉岡和宏と同じブラックシャークのメンバーだった……」

「そうだ」

私はうなずいた。「それが、どういうことだかわかるか?」

「さあね。俺は刑事ほど頭がよくないらしい」

「二人が口裏を合わせている可能性もある」

「何のために」

「現場にいたのが風間だと、警察に知られたくないのかもしれない」

「なぜ?」

「例えば、だ。ブラックシャークの連中は、自分たちの手で風間に罰を下したいのかもしれない。つまり、リーダーの復讐だ。警察が風間を逮捕すれば、それができなくなる」

速水はちらりと私を見た。あきれているような表情だった。

「復讐？」

速水は頬を歪めて笑った。「やつらにそんな根性があると思うか？」

「面子というものがあるだろう。リーダーを殺されたんだ。このまま黙っていたら、街の笑い者なんじゃないのか？」

「ほう。ガキどものことに詳しそうじゃないか」

「反社会的な集団は面子にこだわるものだ。それしか拠《よ》り所がないからな」

「口裏を合わせて、現場から走り去った車がスカイラインＧＴ－Ｒじゃないと言う。それだけで、警察が欺けると思うか？」

「欺けない。しかし、彼らはそう考えるかもしれない」

「やつらだって、それほどばかじゃないさ」

私はひそかにうめいた。

速水の言葉には世間というものを知り尽くしている者だけが持つ重みがある。刑事である私も、世間のことは知っているつもりだ。多少のことでは驚かない。しかし、どうしても速水にはかなわないような気分になる。

そう。それはおそらく気分の問題に過ぎないのだろう。速水にはそう思わせる雰囲気があるのだ。

「じゃあ、二人が口をそろえてガンメタのフェアレディーだと言ったのは、どういうことなんだ？」

「本当にガンメタのゼットだったんじゃないのか?」

「ばかな……」

私は言った。「須田の話を聞いていただろう。走り去る車の目撃者は八人。そのうち六人が黒のスカイラインGT―Rだったと言い、さらにその中の一人は、ナンバーを確認した。そのナンバーは、間違いなく風間の車のものだった」

速水は平然としていた。

「ハンチョウ。数が問題なのか?」

「数の問題じゃない。これを疑ってかかったら、聞き込み捜査自体、意味がないということになる」

「まあ、その六人が言ったことは間違いじゃないだろう。事実、交機隊のパトカーが、台場あたりから猛スピードで千葉方面に向かう風間の車を追った……」

「……ということは、西野康彦と梶典之が嘘を言っているということになる」

「二人が言ったことが一致している。本当のことを言っている可能性というのを考えないのか?」

「二人はブラックシャークのメンバーだ」

「どうしても、二人が口裏を合わせていると考えたいんだな」

「そう考えるのが自然じゃないのか? おまえも梶典之の態度に気づいただろう。彼は、何かを隠そうとした」

「そうかな……」

「ブラックシャークの話題になったときだ。彼は、それまでとは明らかに態度が変わった」

「刑事は鋭いな」

「茶化すな」

「茶化しちゃいない。俺にはそれほど重要なこととは思えなかった。ただ、しゃべりたくないことがあった。それだけのことかもしれない」

私は、どう考えていいのかわからなくなった。刑事として情けない限りだ。

西野康彦と梶典之が嘘を言っている。誰に訊いてもそうこたえるに違いない。

犯行現場から走り去った車は、風間のものに間違いない。それ以外の可能性があるだろうか？

私は、相楽と須田の捜査のやり方は間違ってはいないと思った。たしかに、相楽の質問は理想的ではなかったかもしれない。しかし、目的は、風間の車が現場から走り去ったということの確認を取ることだった。

その目的は果たされたのだ。

ひょっとしたら、速水は私をからかっているだけなのではないだろうか。そんな気さえした。

私はなんだか腹が立ってきた。

「八人の目撃者のうち、六人が黒いスカイラインだと言い、二人がガンメタリックのフェアレディーだと言った。両方とも嘘をついていないというのなら、これはどういうことなんだ？」

「別に俺は、ブラックシャークの二人が嘘を言っていないと決めつけているわけじゃない。本当のことを言っている可能性もあると言っているだけだ」

「だから、だ」

私は食い下がった。「その二人が本当のことを言っているのだと仮定したら、これはどういうことだと、おまえは考えているんだ？」

まったく間を置かず、速水はあっさりと言った。

「別の車を見たんじゃないのか？」


捜査本部に戻っても、私は考え続けていた。

西野康彦と梶典之は、どうしてあんなことを言ったのだろう。口裏を合わせていたって、いずれ嘘はばれる。

警察官に嘘をつくということが、どういうことかわかっていないのだろうか？

もしかしたら、時間稼ぎなのかもしれない。速水は否定したが、私はまだ復讐説を捨ててはいなかった。

速水が言った「別の車を見た」というのは、現時点では考えられない。他に目撃者がいない。そして、ガンメタリックのフェアレディーZを見たと言っている二人は、ともにブラックシャークのメンバーなのだ。

速水は隣に座ったが、彼も何も言わなかった。珍しくむっつりと考え込んでいる。私は彼が何を考えているのか知りたかった。

「安積さん」

後ろから声を掛けられ、振り向いた。

相楽が立っていた。その後ろには須田がいる。須田は、なぜかひどく情けない顔をしている。

速水は、リラックスした姿勢で、捜査会議が始まるのをぼんやり待っているように見える。しかし、私には彼がこちらに神経を集中しているのがわかった。

「何です?」

明らかに相楽は腹を立てているようだ。私は、少々うんざりした気分だった。

「あんた、車の目撃者の聞き込みに回ったそうだね?」

「ちょっと気になったことがあったもんでね……」

相楽は、憤然として言った。

「それは、私の聞き込みでは不足だというのか?」

私は驚いた。相楽は、自分が一度尋問した相手を私が訪ねたので腹を立てているらしい。確認したいことがあれば、もう一度質問をする。ただそれだけのことが、この男は見過ごせないらしい。

「そういうことではない」

「では、何を訊きに行ったのか説明してくれ」

相楽にいちいち説明しなければならない義理はない。必要があれば、捜査会議で発表する。しかし、このままでは、彼は収まりそうにない。

「現場から走り去ったのが、黒のスカイラインでなかったと言った目撃者が二人だけいた。私は、その点に、何というか、興味を持ったのだ」

私は興味を持ったという控えめな言い方をした。本当は疑問を持ったと言いたかったが、その言葉は相楽を刺激するはずだった。

彼が見過ごしたことに、私が疑問を持ったと解釈するだろうからだ。実際はそうではないのだ。尋問したときに、たいした問題ではなくても、あとで引っかかることというのは必ずあるのだ。

相楽は言った。

「私がそれを見過ごしにしたとでも思っているのか？　その二人は、被害者の仲間だった。だから、信憑性《しんぴょうせい》が低いと考えていたのだ。あの夜、被害者たちは乱闘していた。当然、目撃者の二人も乱闘に加わっていたに違いない。そして、仲間が殺された。通常の精神状態だったとは考えられない」

私は相楽が言ったことを頭の中で検討した。

彼の言うことにも一理ある。二人は、車になど気づいていなかった可能性もあるのではないか。

そして、風間の車のことが話題になっているのを知り、口裏を合わせた……。

「ガンメタリックのフェアレディーZだと言った」

私が言うと、相楽が虚を突かれたように聞き返した。

「何だって?」

「二人の目撃者、西野康彦と梶典之が言った。現場から走り去った車は、ガンメタリックのフェアレディーだったと」

相楽は、一瞬うろたえた。あの二人が見た車の種類と色を質問しなかったのは、たしかに彼の落ち度だったと悟ったのだろう。だが、相楽はすぐに開き直ったように言った。

「それがどうしたというんだ。その証言には、信憑性はない」

「二人には別々に話を聞きに行った。だが、二人の証言は一致している」

「言っただろう。彼らはブラックシャークのメンバーなんだ。事前に話し合ったのかもしれない」

「つまり、口裏を合わせたというわけか?」

「その可能性はある」

「そこなんだ」

私は言った。「なぜ、二人は口裏を合わせる必要があるんだ?」

相楽は、今度ははっきりと戸惑いを見せた。

「そんなことは関係ない……」

「そうとは思えない。口裏を合わせるということは、何かをたくらんでいるということじゃないか？」

「そうとは限らんよ。ただ、警察に嘘をついて喜んでいるのかもしれない」

私は、その可能性について考えた。

「いや、それは考えられない。殺されたのは、彼らの仲間なんだ。警察の捜査を攪乱《かくらん》しても、彼らには何の得もない」

「あんたは、重箱の隅をつつこうとしている。それがあんたのやり方なのか？　重要なのは、六人もの人間が、風間の車を見たと証言していることであり、一人がナンバーを確認したということじゃないのか？」

私は、小さく一つ深呼吸をした。

「そうだと思う」

「ならば、あんたが二人の目撃者に話を聞きに行く必要などなかったはずだ」

「いや」

私ははっきりと言った。「必要はあった。私は、どうして二人が違う車を見たと言ったのか、確かめる必要があった。そして、彼らに話を聞いた今、さらに疑問が増えた。また彼らのところに話を聞きに行くかもしれない」

「あきれたもんだ。それは時間の無駄遣いじゃないのか？　あんたの時間は捜査本部のものだ。本部の方針に従って動いてくれなくちゃ困るな」

まるで捜査本部長か、本部主任の口振りだ。だが、私は気にしなかった。相楽は手続きを大切にする男なのだろう。警察官としては大切な資質だ。

「もちろんそうするつもりだ。しかし、納得できないことを放って置くわけにはいかない」

「なんだか、はぐらかされちまったような気分だな……。まあいい。とにかく、私が調べた後を嗅ぎ回るようなことはやめてくれ」

「驚いたな……」

私が言うと、相楽はまたしてもきょとんとした顔をした。

「何が？」

「あんたは、鼻高々だと思っていたんだがな……」

「何を言ってるんだ？」

「私が二人の目撃者に気づいたのは、あんたのおかげなんだがな……」

相楽は怪訝そうな顔をしている。

「あんたに命じられて須田が報告書を作っていた。それで初めて気がついたんだ。もし、報告書を作っていなければ、忘れ去られていたかもしれない」

相楽ははたと気づいたように、再び抜け目ない顔つきになった。

「なるほど、それでわかった。須田君に報告書を書かせたので、あんたは私に嫌がらせをしようとしたわけだ」

私は再びうんざりした気分になった。こんな話にはもう付き合ってられない。

「そんなはずないだろう。私は疑問を抱いた。そして、それについて調べに行った。それだけのことだ」

私は、相楽に背を向けて机代わりに置かれている細長いテーブルに向かった。

考え事を中断させられたので、少々苛立っていた。

相楽は、二人が別の車を見たと聞いても気にした様子はなかった。速水も特に気にした様子はない。

しかし、この二人はまったく違っていた。速水はもしかしたら、何かに気づいているのかもしれないし、相楽は、はなから無視しようとしている。

やがて、捜査会議が始まり、今日一日の成果が発表された。たいした進展はなかった。

被害者の体内に残っていた小さな破片から凶器が特定されたのが、唯一の成果と言えた。

凶器はサバイバルナイフ。刃渡り十八センチの恐ろしいナイフだ。業務用以外にこれを持ち歩くと銃刀法違反になる。業務といっても一般的な意味でいう職業とは異なる。山に行くときに携行するのも業務用ということになる。しかるべき目的があればいいということだ。

しかし、東京の町中でサバイバルナイフが必要なしかるべき目的はたぶんあり得ない。

犯人は、銃刀法違反も犯していたことになる。

　メーカーも特定できた。そして、現在そのナイフの流通経路を洗い出している。

　小さなかけらからこれだけのことがわかるというのは、一般人には驚きだろう。警察は、自前の鑑識や科捜研、科警研といった研究機関の手に余ると、民間の研究所や大学などにさまざまな鑑定を依頼する。

　民間企業の研究所というのはたいへんなところで、自社の製品に関係することならたいていのことを分析してしまう。企業秘密に属することが多いので、なかなか神経質だが、たいていの場合、協力してくれる。

　さらに、風間の包囲網の概略が出来上がっていた。それをもとに関連各署の交通課や、本庁の交機隊、高速隊に協力を仰ぐのだ。

　捜査員は、二十四時間体制で、発見の連絡が入り次第現場に急行できる態勢を組んだ。この当番がなかなか厳しい。専任で連絡待ちの当番をするわけではない。当番以外のときは、聞き込みに回っているのだ。

　私のような、遊軍扱いの人間が、他の捜査員よりも重点的にこの役目を担うことになっていた。速水とパトカーに乗っていれば、いつでも現場に駆けつけられる。

　八時過ぎに捜査会議が終わった。

　捜査本部はまだできたばかりで、どこかぎこちない。ペアを組んで歩き回る捜査員たちも、まだ互いに慣れていないように見える。互いに顔を知らない同士が組まされることが多いからだ。

しかし、三日ほどたつとすべてがこなれてきて、物事が円滑に進むようになる。相楽との関係もそうであってほしいと、私は密かに願っていた。余計なことにエネルギーを使いたくないのだ。


二日続けて署に泊まる気はしない。風呂に入ってさっぱりしたかった。私は、九時過ぎに署を出て帰宅した。

台風は、関東を直撃せぬまま日本海のほうに抜けていった。雨と風で洗われた大気はさわやかで、秋の気配を感じさせた。対岸には、美しい街の明かりが見える。ライトアップされた東京タワーがくっきりと浮かび上がっていた。空の星の数がいつもより多い。

目黒区青葉台のマンションに着いたときは、疲れ果てていた。疲れを自覚するためだけにここに帰ってくるような気がする。そういう場所も人間には必要なのだろう。

部屋はひんやりとしている。たった一人で住むには広すぎるかもしれない。かつて、ここには、妻と娘がいた。

リビングルームの明かりをつける前に、留守番電話の点滅に気がついた。ネクタイを緩め、ボタンを押す。

「お父さん、やっぱり遅いんだね」

娘の涼子の声だった。「久しぶりにお母さんといっしょに食事しない？　紹介したい友達がいるの。電話ちょうだいね。じゃあね」

娘の涼子は、別れた妻といっしょに暮らしている。

今では、かつての妻に対する心のわだかまりもあまりなく、ときには親子三人で食事をすることもある。しかし、父親としてはそれでは充分でないことを、私は自覚している。私から電話をかけることは滅多にない。

時計を見ると、まだ十時を過ぎたばかりだ。電話をするには都合のいい時刻だ。すぐに電話をかけてやるべきだ。

しかし、私は戸惑っていた。

どういう態度で娘に接していいのか、いまだによくわからないのだ。いや、ますますわからなくなってきている。申し訳ないという気持ちが先に立ってしまう。それで、どうにもぎこちなくなってしまうのだ。

紹介したい友達がいると、涼子は言っている。男友達に違いない。女の友達ならば、わざわざ私を呼びだして食事をする必要などない。

それは、特別な男友達を意味しているのだろうか？　つまり、将来、いっしょになることを考えているということだろうかと、私は考えた。

そうすると、ますます戸惑いは大きくなった。涼子のことはかつての妻に任せっきりだった。いまさら、父親としてどういう態度を取ればいいのだろう。

私はちりちりとしたものを感じていた。

嫉妬《しっと》だった。娘の心が他の男に向いていく。それは、冷静に考えればごく当たり前のことなのだが、私は嫉妬としかいえないような気持ちを抱いていた。

それがまた、私をうろたえさせていた。

まだ見ぬ涼子の相手に憎しみを感じた。若い男にちがいない。おそらく、同じ大学の学生なのではないだろうか。

相手が若いというだけで、なんだか腹が立った。いつもいっしょに暮らしている父親なら、もっと冷静になれるのかもしれない。娘のボーイフレンドに嫉妬し、憎んでいる自分が醜いと思った。

寝るまで迷っていたが、結局その日は電話をできなかった。そんな自分にまた、自己嫌悪を感じた。

6

捜査員の聞き込みは進み、さまざまな目撃情報が得られた。

事件当夜、ブラックシャークと乱闘していたのは、赤いバンダナや衣類を身につけたグループだったということがわかった。

それは対立グループの一つで、紅巾《こうきん》団と呼ばれている。彼らの喧嘩は日常で、出会えば小競り合いを繰り返していたそうだ。

隣で、速水がつぶやいた。

「スタンダールだな……」

「何だって?」

「赤と黒だ」

乱闘を目撃した人々は多かったが、殺害の瞬間を目撃した者はまだ出てきていない。ブラックシャークや紅巾団のメンバーの中に目撃者がいてもよさそうなものだが、そうした話は聞けずにいた。彼らは口を閉ざしているのだろうか? それはなぜなのだろう。

あるいは、殺害は乱闘とは別の場所か別の時間に行われたという可能性もある。それならば、仲間や対立グループが犯行の瞬間を見ていないはずだ。

乱闘に乗じて、風間智也がこっそりと吉岡和宏に近づいて、後ろから刺したということだろうか？　ならば、その動機は何なのだろう。

風間は、いまだに容疑者ではなく重要参考人だ。動機などがまったくわかっていないからだ。しかも、現場で彼自身が目撃されたわけではない。彼の車が目撃されたに過ぎない。容疑者として手配するための決め手がない。捜査員たちは、彼の容疑を確定するための証拠や証言探しに躍起になっている。

しかし、まだめざましい成果を上げるには至っていなかった。

地取り班は、目撃情報を求めて聞き込みに回っている。誰か一人、現場で風間を見たという者さえいれば、捜査はおおいに前進する。参考人として探すのと、容疑者として手配するのでは、使える手段が違ってくる。家宅捜索や押収の令状が取れるので、捜査はやりやすくなる。

鑑取りの班は、被害者の交友関係を中心に聞き回っていた。こちらでも、被害者と風間の対立関係が明らかになれば、容疑を固めることができるかもしれない。

しかし、今のところ、どちらもあまり収穫はない。

さらに凶器の種類が特定できたことで、その入手ルートを洗う班が必要になり、そちらにかなりの人数が割かれることになった。こうした捜査は、手間暇がかかる。販売店を一軒一軒回り、同タイプのサバイバルナイフを購入した人物を探し出す。そのリストができたら、今度はその購入者を当たるのだ。

風間智也はまだ見つかっていない。身を潜《ひそ》めているのだ。交通課や交機隊は、都内と千葉県内各署に検問を設けて、監視を続けている。

潜伏しているという事実は、彼が犯人であることを物語っているようにも思えるが、そう決めつけるのはもちろん早計だ。潜伏する理由はほかにもたくさんあるはずだ。

須田は相楽とともに聞き込みを続けている。まだ、報告書を毎日書いているのだろうか？　私は、あれ以来確かめていない。

速水は、パトカーで東京湾岸から東関東自動車道にかけて連日流しており、私はその助手席にいた。

私たちは時には、茨城県まで足を延ばした。

しかし、偶然に風間の車に出会う確率は、ほとんどゼロに等しい。速水もそれを期待しているわけではなさそうだった。

彼は無線に注意を向けているのだった。パトカーで流しているのは、単にドライブ気分なのかもしれない。

私は、ガンメタのゼットが気になっていた。あの二人はどうしてガンメタのゼットを見たなどと言ったのだろう。

やはり、リーダーの復讐をするために警察を排除しようとしたのだろうか？　速水が言ったとおり、それにしては浅知恵だ。だが、時間稼ぎはできると考えた可能性はある。

速水の運転するパトカーは、今夜はレインボーブリッジに差し掛かったところだった。

私は助手席から話しかけた。

「ブラックシャークの連中の動きを見張る必要はないだろうか?」

「連中を見張る? 何のために?」

「何かをたくらんでいるとしたら、それを事前にくい止める必要があるような気がする」

「ハンチョウ。おまえさんは、まだ復讐説にこだわっているのか?」

「わからん」

「あいつらは、手に負えないガキどもだが、ばかじゃない」

「それはわかっている。しかし、何かが起きてからでは遅い」

「もう殺人事件が起きているんだ。そうだろう」

「だから、これ以上何かが起きないように……」

「ハンチョウ。あんたの説に従えば、ブラックシャークの連中は、風間を探していることになるな? だが、組織力からいって、警察より早くやつらが風間を見つけるとは思えない。そうじゃないか? それにだな、風間を探して連中が妙な動き方をすれば、交通警察が敷いている風間の捜索網に引っかからないわけがない」

速水の言うとおりだ。私だって、ブラックシャークの連中がそれほど愚かだとは思ってはいない。だが、どうしても気になるのだ。

速水はすでに何かの真実に気づいているのではないだろうか? そして、私は彼に試されているような気がする。

まさか、そんなことはあるまいが……。

「通信指令センターから各移動、マル対と思われる黒のスカイラインが、東関東自動車道を習志野から成田方面に向けて逃走中。繰り返す。マル対と思われる黒のスカイラインが……」

その無線が流れたのは、土曜日の午後三時過ぎだった。

通信指令センターからの声は、やけにのんびりと感じられる。指令が的確に届くように、ゆっくりと話しているせいだが、緊迫した状況にはそぐわないように感じられる。

私は無線のマイクに手を伸ばした。

「交機13、了解」

私が、マイクをフックに戻すと、速水は回転灯を点《つ》け、サイレンを鳴らした。

「ハンチョウ。知ってるか？　俺はこの瞬間が一番好きなんだ」

私たちは、東関東自動車道の佐倉のあたりにいた。つまり、逃走中の車のはるか前にいることになる。ツキが味方してくれているようだ。速水はそう言うと、無線のチャンネルを切り替えた。

指令センターとは別の声が聞こえてきた。

「指令センター。こちら、交機14。マル対を追跡中。現在、湾岸千葉を通過。応援、願います」

速水は、左手を無線のマイクに伸ばした。

「交機14。こちら交機13。その声は、平吉か？」

「交機13。ヘッドですね？　そうです、及川です」

「間違いなくマル対か？」

「風間の車ですよ。乗ってるのも、おそらく風間ですね。飛ばしてますよ。百五十キロは出てるでしょう」

「野郎……。おい、平吉、逃がすなよ」

「わかってます」

「俺は今、四街道と佐倉の間をゆっくりと走行している」

「了解。じきに追いつきますよ」

「わかった」

それだけで、彼らの連絡は充分なようだ。

速水はさらに、無線で呼びかけた。

「こちら交機13。交機14の他に誰か追っているか？」

速水がマイクのトークボタンを離すと、空電の音が聞こえる。それがさっととぎれると、また別の声が聞こえてきた。

「こちら交機11。現在、湾岸習志野を走行中」

速水はマイクに向かって言った。

「誰だ?」

「山県です、ヘッド」

「オーケイ。そのまま追ってこい。バックアップだ」

「了解」

すぐに、別の誰かが言った。

「警視庁交機隊。こちら千葉県警交機隊の五号車だ。千葉交機5。そちらの無線を聞いた。こちらは酒々井《しすい》にいる。合流できる」

速水はかすかに笑っている。高揚しているのだろう。

「千葉交機5、了解。こちら、湾岸分駐所の速水だ。よろしく頼む」

「知ってますよ」

無線の声は言った。「いつも無線を聞いてます。ベイエリア分署スープラ隊のヘッドでしょう?」

「やり方は心得てるな?」

「挟み撃ちでしょう?　任せてください」

速水は無線のマイクをフックに戻した。

私は言った。

「ヘッドだって?」

速水はそれにはこたえず、何か考え込んでいた。やがて、彼は言った。

「どうしてやつは現れたんだ……」

「何だって？」

「網にかかるようなやつじゃない」

「捜索網のことを知らなかったんじゃないのか？」

「そんなはずはない」

「誰でもへまはやる。だから、俺たちは犯罪者を検挙できるんだ」

速水はまた考え込んだ。

「やつは自分から姿を現したんだ」

「何のために？」

「知らん」

「追いつめられて、動き出したんじゃないのか？」

「そうかもしれん。だがな、俺はやつが、膠着《こうちゃく》した状況を自分で動かそうとしたように思えるんだ」

考えすぎではないだろうか？　だが、私は何も言えなかった。少なくとも、速水は私より風間のことをよく知っている。

私は、無線のチャンネルをいったん元に戻した。通信指令センターから各移動への指令が続いている。高速湾岸線や東関東自動車道だけでなく、周辺の一般道も固められている。

下り線は渋滞するほどではないが、かなりの交通量がある。その道を黒いスカイラインは百五十キロほどで飛ばしているという。

　私の携帯電話が鳴った。

　捜査本部からだった。相手は、本部主任の池谷管理官だった。署に割り当てられている署外活動系、いわゆる署活系の無線が届かないので、電話を掛けてきたのだろう。

「東関道で、マル対らしい車を発見したという知らせが入った」

「無線で確認しました」

「今どこにいる？」

「東関道の佐倉のあたりです。もうじきマル対と接触します」

「了解した。空いている捜査員もそちらに向かわせる。連絡を絶やさないでくれ」

「わかりました」

　私が電話を切るのと、速水がつぶやくのは同時だった。

「来るぞ……」

　彼は、パトカー同士の無線を聞きながらバックミラーをちらちらと見ていた。私は思わず後方を振り向いていた。速水は、三車線の真ん中を走っている。

　後方からサイレンが聞こえてくる。追跡してくるパトカーはいつのまにか台数が増えたようだ。

　追い越し車線を猛烈な勢いで近づいてくる車があった。黒いスカイラインだ。

私にはそれがGT—Rという車種かどうかわからなかったが、マル対に間違いなさそうだ。

速水はシフトダウンすると、一気に加速した。体がシートに押しつけられる。

次に私は左側に振られるのを感じた。速水が車線変更したのだ。黒いスカイラインの頭を押さえようというのだ。

それは車線変更などというものではなかった。パトカーが横に飛んだような感じだった。しかも、周囲には一般車が走っている。その車両の間を縫って飛び込んだのだ。

一般車両は慌てて追い越し車線を開けた。

黒いスカイラインはみるみる迫ってくる。

速水は、バックミラーを一瞥すると言った。

「間違いない。風間だ」

私は、振り返ってその顔を確認しようとした。運転席にいる男はサングラスを掛けている。

私が後ろを見ると同時に、スカイラインの車体がすっと横に滑った。追い越し車線から中央の走行車線に移動したのだ。

速水のパトカーを追い越そうとしているのだ。

私はスピードメーターを覗き込んでぞっとした。百四十キロを越えている。

周囲の一般車は、のろのろ運転をしているように次々と後方へ消えていく。まるでジェットコースターに乗っているようだ。

昔からあの類の乗り物は嫌いだった。

しかも、高速道路上のパトカーは遊園地のジェットコースターよりもずっと危険なのだ。

速水も、相手の行く手を阻むために車線を変える。一般車両の間を縫うように移動するのだ。

そのドライビングテクニックは、私の想像を越えていた。速水は、直前を走っていたホンダ・インテグラのテールをかすめてわずかな隙間に入り込んだ。

「ハンチョウ、無線を頼む」

速水が言った。彼は両手でしっかりとハンドルを握っている。教習所で教えるような、十時十分の位置ではない。レーシングドライバーのように九時十五分の位置を握っている。

私は、正直に言うとシートに座っているのが精一杯だった。しかし、ここで泣き言を言うわけにはいかない。

必死の思いでマイクを取った。

「俺がやつの頭を押さえている間に、何とかもう一台前に出るように言うんだ。交機14を呼べ。平吉は、バトルに慣れている」

私は、言われたとおりにチャンネルを切り替えて交機14を呼び出し、速水の言葉を伝えた。

「くそっ」

速水が罵った。

前方をトラックがふさいでいる。トラックもおそらく百キロくらいで走行しているのだろうが、とてもこちらのペースには及ばない。

黒のスカイラインは、こちらが行く手をふさがれたと見るや、すぐに一番左の車線に移った。

そこから猛然と加速してこちらを抜こうとする。

速水は落ち着いていた。トラックの尻をかすめるように黒のスカイラインの前に移動する。その瞬間、隙間はほとんどないように、私には感じられる。

速水が車線を変えるたびに、私は心臓を鷲掴《わしづか》みにされるような気がした。

速水は、まるで後方と前方を同時に見ているようだ。サーキットのレーサーのようだった。周囲の一般車両はさながら、周回遅れのレースカーだ。それを巧みにかわしながら、先頭争いのバトルを繰り広げているのだ。

「やはり、手強いな……」

速水がつぶやいた。

後方から追ってくるパトカーは前に出られずにいた。

いったいどれくらいバトルが続いているだろう。私は完全に時間の感覚を失っていた。

ただただ、景色が猛スピードで後方に流れていく。

フロントガラスから見える視界が狭くなっているように感じられる。

私は、シートにしがみつくようにして、後方を見た。黒のスカイラインは左右に小刻みに移動している。格闘家が攻撃のタイミングをみはからっているようだ。

前方にリムジンバスが見えてきた。

そのとなりにパトカーがいる。千葉県警のパトカーだ。

無線から声が流れてきた。

「湾岸13。こちら、千葉交機5。後ろに見えてきたのが、そちらだと思うが……」

速水はハンドルを巧みに操りながら私に言った。

「そのまま、前をふさいでくれるように言ってくれ」

私はハンドマイクを取り、それを伝えた。

「いつまでもこれじゃもたんな……」

速水が言った。「ペースを落とさなければ、誰かが事故を起こす。集中力がもたないんだ」

その一言は、私をさらにぞっとさせた。

思えば、これまで一般車両も含めて誰も事故を起こしていないのは奇跡に等しいかもしれない。

いきなり、速水がハンドルを切った。

私は前方をかなり遅いペースで走っている軽四輪を追い抜くためかと思った。しかし、そうではなかった。

黒いスカイラインが仕掛けてきたのだ。

するとすぐ目の前に大きなトレーラーが立ちはだかった。

速水が舌打ちする。ブレーキを踏まなければならなかった。

そのほんの一瞬だった。車線と車線のわずかな隙間を黒い風が通り抜けていった。

接触せずに猛スピードで通り抜けたそのテクニックは魔法のようだった。

「抜かれた……」

速水はつぶやいた。けたたましいエンジン音、車が風を切る音。タイヤが路面を踏む音。

それが入り交じった轟音《ごうおん》の中で、そのつぶやきが聞こえたのが不思議だった。

すぐ後ろに別の交機隊のパトカーがいた。おそらく交機14だろう。前方には車を二台はさんで千葉交機隊の5号車がいる。

「ハンチョウ。千葉の援軍になんとかがんばってくれるように言ってくれ」

私はハンドマイクのトークボタンを押した。

「千葉交機5。こちら交機13。行く手を遮ろうとしたが抜かれた。何とか押さえてくれ」

「千葉交機5、了解。……と言いたいが、スープラ・パトカー隊がかわされたんだろう？

荷が重いな……」

私も同感だった。速水が抜かれたのだ。

だが、こちらには無線連絡網があり、数がいる。圧倒的有利であることには違いはない。

「ハンチョウ」

速水が唸《うな》るような声で言った。

「何だ?」

「拳銃、ぶっぱなしていいか?」

私は驚いて速水の顔を見た。

「本気か?」

速水は、彼独特の皮肉な笑いを浮かべていた。

「冗談に決まってるだろう。このまま、どこまでも追ってやるぞ」

目の前の黒いスカイラインとの距離は一定だった。黒い亡霊といえども、ベイエリア分署が誇るスープラ・パトカー隊を引き離すことは難しい。

やがて、スカイラインの前に千葉県警交機隊のパトカーが見えてきた。だが、黒いスカイラインは、あっさりとそれを抜いてしまった。

「交機13。こちら千葉交機5。だめだ。抜かれた」

私は無線のマイクに向かって言った。

「見ている。こちらはぴたりと追っている」

その時、速水があっと小さな声を上げた。

突然、スカイラインが追い越し車線から一番左の車線へ移動したのだ。それは一瞬の出来事で、本当に車体が横に滑ったように見えた。

「成田だ。成田で高速を下りるぞ」

スカイラインは成田インターに向かった。

それに気づいたときには、すでに千葉県警のパトカーは成田の出口を越えていた。

速水は、何とかついていった。

「料金所でつかまえられるんじゃないか？」

私は速水に言った。

「マル走はそんなに甘くない」

無線から声が流れる。

「交機13。こちら、千葉交機5。スカイラインが消えたぞ」

私は告げた。

「成田の出口を出た。私たちは、追尾している」

「引き返せそうにない」

私は速水の顔を見た。速水は言った。

「お役ご免だ。丁重に礼を言ってやってくれ」

私は言われたとおりにした。すると、千葉県警の交機隊員は言った。

「礼には及ばんよ。ここは千葉県警の縄張りだ。とっつかまえたら、俺たちがたっぷりと罰金を取ってやったんだがな」

二車線のカーブを進むとすぐに料金所が見えてきた。

一般車両が列を作っている。しかし、赤い信号が灯《とも》ったゲートには当然のことながら、車は並んでいない。

黒いスカイラインは迷わずその赤信号が灯っているゲートに突っ込んだ。猛スピードで閉じていたゲートを突破する。

それを見て速水は言った。

「野郎……。上等だ」

背後から二台のパトカーが追ってくる。

「どうして成田で下りたんだ？」

私は速水に尋ねた。

「高飛びでもするつもりなんじゃないのか？」

訊いた私がばかだったと気づいた。速水といえども風間の考えがすべてわかるわけではない。

私は無線で通信指令センターに連絡を取り、現状を知らせた。だが、そろそろ無線が怪しくなりはじめている。東京から離れすぎた。

念のため電話で捜査本部に同じ内容のことを告げておいた。

池谷管理官はすでに千葉県警に応援を要請してあると言った。検問などの用意がされているに違いないが、それがあまり役に立たないだろうということは、東関東自動車道の上でのバトルで明らかだった。

黒いスカイラインは、本当に黒い亡霊のように車と車の間を猛スピードですり抜けた。

まるで実体がなく一般車両の車体を通り抜けてしまったようだった。

黒い亡霊は、成田空港ではなく、成田市街の方向に進んだ。片側一車線の一般道を猛スピードで進み、次々と一般車両を追い越していく。対向車などまるで眼中にないといった、きわめて大胆な走り方だ。

それに速水もついていく。こちらには、回転灯とサイレンという強みがある。一般車両は左端に寄って道を開けてくれる。

とはいえ、幅に余裕があるわけではない。速水は、すれすれで他の車をかわし続けていた。

その集中力は驚愕《きょうがく》に値する。

黒いスカイラインは、交差点で黄色の信号に突っ込んでいった。そこでテールが大きく流れた。

コントロールを失ったのか?

私は、次に起きる惨劇を予想していた。一般車両が巻き込まれた大事故。パトカーの追跡によって事故が起きるとなると、速水と私はなんらかの責任を問われることになるかもしれない。

だが、黒いスカイラインはコントロールを失ったわけではなかった。

テールを滑らせることでほとんど減速せずに交差点を左折したのだ。

「たいしたテクニックだな」

私は立場も忘れてうなっていた。

速水は言った。

「ただの四輪ドリフトだ。驚くほどのことはない」

その言葉を証明するように、速水はその交差点をまったく同じ要領で通過した。その瞬間、私はまったく未知の感覚を味わった。窓の外をパノラマのように風景が流れていく。頼りなく浮遊するような感覚があった後に、後輪の動力がしっかりと大地に伝わるのがわかった。車体は弾《はじ》かれたように前方へ進んでいた。

「国道408だ。どこへ行くつもりだ……」

速水が言った。

私は、交機隊の機動力に今さらながら驚いていた。通常私たちは、県境はおろか、署の管轄の境界すら滅多に越えることはない。

すでに、我々は黒いスカイラインを追って千葉を通過し、茨城に向かおうとしている。交差点を通過する際の四輪ドリフトで、後方のパトカーと距離が開いていた。交機隊員といえども、黒い亡霊や速水についてくるのはたいへんなのだ。

速水は、一般道に入って余裕の表情になった。高速道路上のバトルよりはたしかに危険は少なくなってきている。

追跡を楽しんでいるんじゃないのか？

ふと、私はそんな気がした。

速水は無線のマイクに手を伸ばした。

「交機14。交機11。こちら交機13。ついてこれるか?」

「交機13。こちら、交機14、なんとか追っていきます」

「交機13。こちら交機11。後をついていきますから、コースを無線で指示してください」

「了解だ」

「千葉県警に協力を要請してあるんだ」

私は言った。「どうして検問やら巡回やらがないんだ?」

「こっちのペースに追いつかないんだ」

すでに通信指令センターからの無線は届かなくなっている。後続のパトカーともかなり距離が開いてきた。

やがて、黒のスカイラインは、交差点を右折し、すぐにまた左折した。いずれも四輪ドリフトでほとんどスピードのロスがない。

速水はそれにぴたりとついていった。

「読めてきた……」

速水が言った。

「何だ?」

「この先には筑波山がある」

「どういうことだ?」

「やつは、峠バトルでこっちをぶっちぎるつもりだ」

「峠だって？　ばかな。いくらこのパトカーを振り切ったって逃げ切れるわけがない」

私は携帯電話を取り出して捜査本部に連絡を取ろうとした。千葉県警だけでなく、茨城県警にも応援を要請する必要がある。

しかし、電話が繋《つな》がらない。

「くそっ。電池切れか……」

私は速水に言った。「電話を持っていないか？」

「持ってない。刑事じゃないんだから、必要ない」

「肝腎《かんじん》なときに……」

普段、私はあまり携帯電話を使わない。捜査の必要上持たされてはいるが、それほど必要だと思ったことはない。そのために、バッテリーなどのチェックに無頓着だった。

「文明の利器なんてそんなもんだ」

速水が皮肉な口調で言った。

黒いスカイラインは、速水が言ったとおり筑波山に向かっているようだ。筑波山の風返峠を通る筑波スカイラインと表筑波スカイラインは、おそらく峠バトルには絶好のコースなのだろう。

今黒いスカイラインGT―Rは、思った通り筑波山に西からアプローチする筑波スカイラインに向かった。

筑波スカイラインは有料道路なので、料金所があるが、そこも成田の料金所と同じく突破していった。

「ハンチョウ」

速水が珍しく緊張した声で言った。「貴重な体験をさせてやるぞ」

「何だ？」

「峠バトルだ」

速水は先ほども同じ言葉を口に出した。しかし、私にはその意味がぴんとこなかった。

後方のパトカーとの距離はさらに開いている。

黒いスカイラインは、舗装された山道を上っていった。カーブが連続して続いている。私はすぐに峠バトルという言葉の意味を思い知ることになった。

くねくねと曲がりくねった上り道。そこを猛スピードで飛ばしながら、どちらが前に出るかを争うのだ。

いつ、山肌の向こう側から対向車が現れるかわからない。ほんのわずかでもハンドル操作を誤れば、谷底に転落するかもしれない。

私はたちまち口の中が干上がっていくのを感じていた。

黒いスカイラインは、曲がりくねった道で、楽々とテールを滑らせて車体の向きを変える。四輪ドリフトなど珍しいテクニックではないと速水は言ったが、私は、またしてもその言葉の意味を思い知った。

四輪ドリフトはこうしたバトルでは最低条件なのかもしれない。それ以上のテクニックが要求される。そして並はずれた集中力と度胸も……。

私は思わずシートを両手で握りしめていた。

速水は口を開かない。全神経を運転に集中しているのだ。

シフトダウンとシフトアップを繰り返す。アクセルはほとんど全開、ブレーキの存在は忘れ去ったかのようだ。

後方には、パトカーの姿はすでになかった。曲がりくねった山道なので見通しがきかないせいもあるが、何より、黒いスカイラインと速水のペースについてこられないのだ。

私は無線に手を伸ばす気にもなれなかった。シートにしがみついているのがやっとだ。

顔面から血の気《け》が引いているのがわかる。

「こんなことをいつまで続ける気だ?」

私は恐怖と緊張に耐えきれず、思わず声を荒くしていた。

速水は、冷静な口調でこたえた。

「決着がつくまでだ」

「決着だって?　おまえは警察官で、前を走っているのは、殺人事件の重要参考人だぞ」

「言っただろう?　俺はいつだって、本気で相手とやり合う。真剣勝負だ。だからこそ、相手は俺の言うことをきく」

「それは警察官のやり方じゃない」

「そうか？　だが、俺のやり方だ。さ、ハンチョウ。しばらく口を閉じていたほうがいい。舌を嚙むぞ」

私は、それ以上何も言う気はなかった。

速水のやり方というのは、警察官として正しいかどうかわからない。しかし、今はこれ以外の方法がないことも明らかだった。

相手は勝負を挑んできている。速水としては、ここで引くわけにはいかないのだろう。彼は、暴走族たちに対して文字通り命懸けで戦いを挑んでいるのだ。

黒いスカイラインがドリフトでカーブの向こうに消えるたびに、永遠に追いつかないのではないかという気になる。しかし、次の瞬間、速水もドリフトでカーブを走り抜け、その差を縮めていった。

やがて、相手のテールにこちらのパトカーの鼻先が触れるくらいに近づいていった。テール・トゥ・ノーズとかいうのだったな……。私は、深夜にひとりぼんやりと眺めていたテレビのＦ１レースから得た知識を思い出していた。

速水が歯ぎしりしているのがわかった。彼は、小刻みにハンドルを動かしながら、シフトレバーを操っている。ときには、サイドブレーキまで使っている。

黒いスカイラインが猛スピードでカーブを抜けていった。速水は、やはりドリフトでカーブに突っ込もうとした。そのとき、突如目の前に巨大なトラックが現れた。

反対車線を走ってきた車だ。

私は悲鳴を上げそうになった。完全にぶつかったと思った。

しかし、速水は難なくそのトラックの鼻先を走り抜けた。

私は心臓が高鳴り、気分が悪くなりそうだった。中年には刺激が強すぎる。血圧が心配だった。

再びスカイラインのテールに近づくと、速水はしきりにハンドルを左右させはじめた。抜きにかかろうとしているのだ。

レース用語でいうと、アタックを始めるということだ。

わずかな隙があれば、抜き去ろうというのだ。前へ出れば相手の鼻先を押さえることもできる。

速水は、タイミングを測っていた。わずかな判断ミスは即大事故に繋がる。私はすでに生きた心地がしなかった。

いきなり速水は、隣の車線に飛び出し、同時にアクセルを全開にした。この瞬間、何キロ出ていたか私にはわからない。しかし、今まで体感したことのないスピード感だった。

速水が操るパトカーは、黒いスカイラインすれすれに並んだ。そのままの状態でコーナーに差し掛かる。今前方から対向車が来たら間違いなく正面衝突だ。

おそらく速水も私も即死だろう。

さらに、スカイラインに幅寄せをされたら、そのまま谷に突っ込んでいくだろう。その恐れは充分にあった。

速水は恐れていない。少なくとも、そういう態度をとり続けていた。

スカイラインは幅寄せをしてこなかった。意外にもあっさりと先を譲った。私たちのパトカーがスカイラインの前に出ていた。

相手を抜く。ただそれだけのことに命を懸ける。これまで、私はそういうことをする若者たちが理解できなかった。そして、その若者たちといい年をして渡り合っている速水をどこかでばかにしていた。

しかし、この瞬間、私は理解した。

ただ相手の前に出る。それだけのことが、こんなに興奮することだとは……。

しかし、今度は私たちがアタックを受ける番になったのだ。速水は緊張を解いていない。

そして、私たちの優位はそれほど長くは続かなかった。

対向車が来たので、速水は少しだけ速度を緩めた。このタイミングでスカイラインが仕掛けてくるとは誰も思わない。

対向車が来るのに、対向車線に飛び出してこちらを抜こうとするなど、自殺行為だ。

しかし、黒い亡霊はそれをやってのけた。

速水は、思わずブレーキを踏んでいた。こちらがスピードを落としたことで、黒い亡霊が抜け出すコースができた。

黒いスカイラインが、対向車と我々の乗っているパトカーの間をすり抜けていった。

再び、黒いスカイラインが前に出ていた。しかも、速水がブレーキを踏んだことで差が開いていた。たった一度のブレーキングが決定的な差となって現れた。

黒い亡霊は、コーナーの向こうに消えた。どうしても差を縮めることができない。

「くそっ。やつは、俺がブレーキを踏むことを計算に入れていやがったに違いない」

速水が言った。

「まさか……」

あそこで速水がブレーキを踏まなければ、黒いスカイラインのコースはふさがれ、対向車と正面衝突するか、いったん下がるかのどちらかしかなかった。

当然、誰もがスピードを緩めていったん下がるに違いない。だが、黒いスカイラインは違った。決して下がろうとはしなかった。

「そういうやつなんだよ」

速水の声に力がなかった。

すでに彼は敗北を認めたのだろうか。

「追いつけないのか？」

「おそらく無理だろうな」

私は、これまでの追跡劇を思い起こしていた。東関東自動車道から始まったこのカーチェイスは、こういう形でしか結末を迎えられなかったのだろうか。

もっと効率的に黒いスカイラインを追いつめる方法はなかったかと考えた。結局、これ以外の方法はなかったと、私は結論を出した。

捜査本部に戻ったら、おそらく質問責めにあうことだろう。捜査員の中には、私たちのやり方が間違っていると主張する者も出るだろう。相楽の顔が一瞬浮かんだ。

速水はすでにかなりスピードを落としている。私は、ようやく全身の力を抜いた。気づくと首から肩に掛けてがこちこちだった。

掌《てのひら》は汗でびっしょりだ。

コーナーを曲がると、夕映えの空が見えた。もうじき日が沈む。

巨大なオレンジ色の日輪が、雲をさまざまな色に染めている。深紅、紫、ピンク……。その色彩の帯の背景にある西の空が黄色からオレンジ、そして赤色から紺色へとグラデーションを成していた。

山肌も橙色に染まっている。

速水が急にスピードを落とした。私は何事かと速水の横顔を見て、それから彼の視線を追った。

カーブの向こうは、道が大きく膨らみ、そこに車が何台か停まれる待避帯があった。

その待避帯に、黒いスカイラインが停まっている。

なぜだ？

私は、スカイラインを見つめた。まるで実体のない黒い亡霊のようなスカイライン。それが今、目の前に駐車している。

猛獣が一時動きを止めているような不気味さがある。

速水は、慎重に対向車線を横切り、その待避帯に進入していった。スカイラインの後ろに静かに停車する。

スカイラインのドアが開いた。

そこから現れたのは、意外にも小柄で線の細い少年だった。黒いシャツに黒のジャケット。黒いジーンズをはいている。そして、黒いサングラス。

その細い黒ずくめの姿が、夕映えの中に立っていた。

彼の後方には、巨大なまぶしい夕日がある。金色に輝く雲が彼の背後に横たわり、私は何か神秘的な体験をしているような気がしてきた。

「風間だ」

速水が言った。それは私に告げると言うより、自分自身で確認するような口調だった。

速水は車を降りた。私は無言でそれに続いた。

風間はまっすぐにこちらを見ているようだ。夕日を背にしているので、表情が見えない。その上、彼はサングラスをかけていた。

速水も黙って風間を見つめている。互いに相手の出方をうかがっているようだ。

先に口を開いたのは風間のほうだった。

「やるね。さすがは、ベイエリア分署のスープラ・パトカー隊だ」

その声にかすかだが笑いが含まれているようだった。彼はおそらくにやにや笑いながらこちらに話しかけているのだ。

「こんなにしつこく追われたのは初めてだよ」

速水は今にも食いつきそうな目つきでこたえた。

「舐《な》めるなよ、ガキが……。こっちは年季が違うんだ」

「たしかにね……。峠で抜かれたのは初めてだ」

「ここで俺たちを待っていたのか?」

「そう」

「何のために? 仕切り直して、もう一戦やろうってのか?」

風間は肩をすくめた。

「顔と名前を知りたかった」

「知ってどうする?」

「ただ知りたかっただけだ」

おそらく、風間は速水のことを認めたのだろう。王者が、謁見《えっけん》を許しているような雰囲気がある。

「それに……」

風間は言った。「ここまで追ってくるということは、ただの交通違反の取り締まりじゃないだろう?」

速水は風間を見据えたままこたえた。

「当然だ。おまえにはいろいろと訊きたいことがある。こっちにいるのはな、鬼より怖いベイエリア分署の刑事だ。強行犯係の係長だよ」

風間が私のほうを見たようだった。逆光になっており、その表情が見えない。私は落ち着かない気分になった。

刑事は相手を尋問するとき、常に優位に立とうとする。必ず相手の真正面に座るのは、精神的な圧力をかけるためだし、時折相手の顔面にライトの光を当てるのは、こちらの表情を見にくくするためなのだ。

こうして夕日を背負われ、相手の表情が読めないと、ずいぶんとこちらの分が悪いような気がしてくる。

「刑事が僕を追っていたのは知っていた。……となれば、あんたを振り切ったところどとても逃げ切れるもんじゃない」

その時、パトカーのサイレンが聞こえてきた。後方から追ってきた二台のパトカーがようやく追いついたのだ。

「いっしょに来てもらう」

速水が言った。風間は落ち着いていた。

「何のために?」

「おまえは、殺人事件の重要参考人なんだ」

「吉岡のことなら、僕は殺していない」

「そういう話を詳しく聞くためにきてもらうんだ。おとなしく従わないと、逮捕することとになる。道交法の違反が一ダースほどある。現行犯だ」

風間は、また肩をすくめた。

「行ってもいいけど、僕は何もしゃべらないよ」

二台のパトカーが相次いで駐車した。

速水は、風間に近づいてその腕を取った。風間は抵抗しなかった。

二人の姿が、まばゆい金色の夕映えの中に黒いシルエットとなって浮かび上がっている。

私はまたしても、神聖なものを見ているような気持ちになっていた。

7

風間を連れ帰ると、捜査本部はちょっとした騒ぎとなった。彼らは、私たちの足取りを追っていたが、追尾しきれなかったのだ。

だが、私は、大きな獲物を持ち帰った狩人のような誇らしさは感じていなかった。とにかく疲れ果てていた。

高速道路のカーチェイスも、峠のバトルも私にとっては初めての体験だった。しかも、私の人生にとっては最も縁遠い類の出来事だった。

取り調べは、たいてい予備班に回っているベテラン捜査員が担当する。今回は、事情をよく知っているということで、私と速水にその役が回ってきた。

取調室で、私はあらためて風間智也と向かい合った。黒いシャツに黒いジャケット。黒は彼のトレードマークなのかもしれない。

風間は、筑波山で見たときよりさらに華奢《きゃしゃ》な印象があった。もし、実際にカーチェイスやバトルを体験していなければ、これが速水たちのいう風間と同一人物とは信じられなかったかもしれない。

色白で切れ長の涼しい眼をしている。髪を染めているわけでも伸ばしているわけでもない。まとも過ぎるくらいにまともな少年に見える。

おそらく、町中で会ったら、誰も黒い亡霊だとは気づかないだろう。想像すらしないに違いない。

進学校あたりの生真面目な高校生のようだ。しかし、その態度は普通ではなかった。彼は、強がるわけでもなく、かといって萎縮《いしゅく》するわけでもなかった。実に淡々としている。静かな眼差《まなざ》しで質問をする私を見返していた。その眼を見ていると、なぜか落ち着かない気分になってくる。

たしかに彼は、独特の力強さがあった。それは奥に秘めた力だった。

見かけはとても喧嘩慣れしているようには見えない。しかし、その眼差しや態度は本物だった。その秘めた力強さが表に噴出するとき、速水が言うように、素手で相手を殴り殺すほどの凶暴さを発揮するのかもしれない。

不思議な少年だった。

しかし、驚くほどのことはない。私は思った。人間は誰しも不思議なものなのだ。

風間は、言葉通り、何もしゃべろうとしなかった。どんな凶悪犯罪者も、ヤクザ者も取調室に連れてこられると、それほど長くもたずにしゃべりはじめる。

取調室で口を閉ざしていられる者はごく限られているのだ。警察の取り調べはそれほど甘くはない。

しかし、風間はその数少ない者たちの一人のようだった。名前、年齢、住所を言ったきり、何もしゃべろうとしなかった。

事件当夜、どうして現場にいたのか、現場で何を見たのか、どうして現場から車で逃走したのか。

何を訊いてもこたえようとしない。

やがて、私と速水は、何の成果もないまま、取調室を出た。

私は、捜査本部に戻ると、池谷管理官に何も聞き出せなかったことを告げた。肉体の疲労以上に精神の疲労がこたえていた。

恐怖と緊張の連続。その後遺症で、私は虚脱状態だった。

速水は、まったくいつもと変わらぬ様子で、捜査本部の後方に陣取り、腕を組んでいた。風間を連れ帰ることができたのは、ひとえに速水のおかげだった。

しかし、速水はどこかおもしろくなさそうな顔をしている。私はその理由について考えてみた。

もしかしたら、風間との勝負のことを考えているのかもしれない。速水はたしかに一度は風間の前に出た。しかし、完全に勝利したわけではない。それがおもしろくないのかもしれない。

昨日までの私ならば、そんな気持ちはとても理解できなかったに違いない。しかし、今は風間を抜きさったときの興奮を知っている。それを無条件で認めるわけではないが、少なくとも、はなから否定する気にはなれない。

私は、速水の隣に腰を下ろして話しかけた。

「やつに勝てなかったことが不満なのか？」

速水は、怪訝そうな顔で私を見た。

「何だって？」

「峠のバトルのことだ」

速水は苦笑した。

「どうかしてるんじゃないのか、ハンチョウ。俺は警察官だぞ。峠の走り屋じゃない」

私は何だかはぐらかされたような気分になった。妙に気恥ずかしくなり、尋ねた。

「じゃあ、何を考え込んでいたんだ？」

「風間は参考人だよな」

「そうだ」

「だったら、いつでも自由に帰れるわけだ」

「そうはいかない。ただの参考人じゃない。重要参考人だ。何かしゃべるまで、帰すわけにはいかない」

「少年犯罪は全件送致が原則だろう。家庭裁判所に送らなければならない」

それが頭痛の種だ。どんな犯罪であれ、少年犯罪はまず家庭裁判所の判断にゆだねなければならない。検察に差し戻しをするにしても、まず第一に家庭裁判所に送致する必要があるのだ。

「容疑者ならばそうする。だが、彼は参考人だ」

「妙な話だな。容疑者なら家裁に送致するが、参考人ならここで話を聞けるというわけか？　そいつは本末転倒だ。言い逃れに聞こえるぞ」

私は、疲労感を意識した。

「わかってる。しかし、私たちは事実を知りたい。彼は事実を知っている」

「犯人だからか？」

「おそらくそうだ」

「ハンチョウ。おまえも聞いただろう。あいつは山の上で、殺していないとはっきり言ったんだ」

「誰だってそう言うさ」

「そうかな……」

速水は言った。「俺には、やつがあのとき嘘を言ったようには思えなかったんだがな……」

今の私は、とても速水と議論ができるような精神状態ではなかった。

「その点については、取り調べではっきりするだろう」

「やつはしゃべらない」

「しゃべらない？」

「そうだ。筑波山でやつは言っただろう。何もしゃべらないって」

「刑事の尋問はそう甘くはない」

「やつだって、甘くはないさ」

私は速水を理解しようとしてきた。しかし、警察よりも風間を信用しているような口振りは気に入らない。

風間はまだ少年で、しかも警察の中ではたった一人だ。誰も助けが来ないという重圧に耐えられる人間はそう多くはない。

いずれ、彼はすべてをしゃべり出す。私はそう信じていた。

しかし、やがて、速水が言ったことが正しかったことがわかりはじめた。風間は口を閉ざしたままだった。私は翌日も速水と取り調べを行った。しかし、何も聞き出せなかった。

彼は警察を恐れてはいないのだろうか？

表情を見ると、いかにも平然としている。虚勢を張っているわけではなさそうだ。まったく信じがたいことだ。大の大人でも、たいていは一日ももたないのだ。

取調室で何日も沈黙を守り続ける例もたしかにある。それには、いくつか理由があるのだ。

まず、警察よりも恐ろしいと思うものがある場合。麻薬の売人などでよくある例だ。口を割ったら暴力団などに消される恐れがある場合だ。

しかし、それでもいずれは暴力団より警察のほうが恐ろしいということに気づくのだ。

何か信念を持っている場合も、なかなか口を割らない。かつて、学生運動の活動家の中には稀《まれ》にそういう連中がいた。現在では、宗教関係者が、その例に当てはまるかもしれない。尊師を信じている、といった場合だ。

そして、誰かをかばっている場合。

風間はそのうちのどれにも当てはまらないような気がする。

風間が犯人であるならば、そのどれも当てはまらない。しかし、もし、彼が犯人でないとしたら、誰かをかばっているということはあり得るかもしれない。

私は、迷いはじめていた。


風間の身柄を確保したのが十月九日土曜日。翌、日曜日と月曜日は連休だった。月曜日は十月十日の振り替え休日だ。

捜査員たちには連休などまったく関係ない。彼らはいつもどおり聞き込みに回っている。家庭を持つ刑事もいる。もしかしたら、子供たちは連休を楽しみにしていたかもしれない。捜査員たちは、家でどんな言い訳をしたのだろう。私は、そういう苦労から逃げ出して久しい。

離婚はつらい経験だが、独りに戻った私はそういう点では気楽なものだ。ふと、まだ涼子に電話していないことを思い出したが、今は忘れることにした。

連休を返上しての捜査員たちの聞き込みでも、風間の容疑を裏付ける証拠は発見できなかった。

鑑取りの班は、被害者の交友関係を洗っていたが、殺された吉岡和宏の知り合いは例外なく警察に非協力的で、皆苦労していた。

彼らは、ブラックシャークや紅巾団のメンバーを残らず当たり、話を聞こうとしていたが、おだてても脅してもあまり効果はない様子だった。

それでも何とか、耳よりな情報を持って帰った者たちがいた。

東京湾臨海署の生活安全課から捜査本部に吸い上げた捜査員と本庁のベテラン刑事のペアが持ってきた情報だった。紅巾団のリーダーを見つけ、話を聞くことができたという。

月曜日の夕刻から開かれた捜査会議で、本庁のベテラン刑事が発表した。刑事の名前は、戸倉。五十を過ぎた警部補だ。

「紅巾団のリーダーの名は柴本耕一で、年齢は十九歳。かつては、多摩地区を中心に活動していた暴走族の一員だった。柴本によると、騒ぎが起きたのは、午前二時近く。まだ二時にはなっていなかったと言っている。なんでも、ブラックシャークのメンバーのほうからイチャモンを付けたらしい。不良連中の間では、ブラックシャークと紅巾団の仲の悪さは有名で、彼らは寄ると触ると揉《も》めていたようだ。それで、彼らは一触即発の雰囲気だったのだが、その口火を切ったのがブラックシャークの誰かというわけだ」

戸倉の報告はまるで講談のように淀みがなかった。捜査員たちはつい聞き入っている。

「ブラックシャークの挑発に、すぐさま紅巾団の二、三人がこたえた。そして、小競り合いが始まった。手ぐすね引いていた連中の喧嘩が簡単に収まるはずはない。喧嘩が起きたのは、ゲームセンターの中だったが、騒ぎはエスカレートして外に飛び出した。その時のことだ」

何だ、今までのは前置きか？　私は、その語り口に引き込まれていた。

「被害者は誰かを追って外に駆けていったそうだ。それから、その跡を追ってみると、表で被害者がうつぶせに倒れていた。背中を刺されてな。柴本耕一はその時、風間が駆けていくのを見たそうだ」

一瞬の静寂の後、会議の場はざわめいた。

もしかしたら、これは画期的な情報かもしれない。初めて風間の姿が現場で目撃されたのだ。

池谷管理官が捜査員全員を代表して尋ねた。

「間違いなく風間だったと言ったのだね？」

「はい」

戸倉警部補は、自信たっぷりだった。「柴本耕一は、間違いなく風間だったと言いました」

池谷管理官は、隣に座っていた東京湾臨海署の榊原課長と顔を見合った。榊原課長は、かすかにうなずいた。

それからあらためて戸倉に視線を戻すと、池谷管理官はさらに尋ねた。

「だが……。周囲は暗かったのだろう？」

「柴本耕一の言い草だとね、あのあたりで風間を見間違えるやつなんていないってことでしたね」

「つまり、有名人というわけか？」

「風間が通れば道を開ける。そういうことです」

「風間が現場から走り去るところを目撃したと言ったのは、一人だけか？」

「私が聞いて回ったところじゃ、一人だけですね」

「妙だな……。そのあたりでは何人かが乱闘していたんだろう？」

「それぞれに、あちらこちらで喧嘩してたって話ですね。みんな自分の喧嘩に夢中だったんです。被害者がどこに行ったかなんてわからなかったでしょう」

「それで、その柴本という少年は、どうして被害者のほうに行ったんだ？」

「彼は、被害者を倒してやろうと思っていたそうですね。なにせ、被害者の吉岡和宏はブラックシャークのリーダーです。リーダーを倒すのはリーダーの役目だというわけです」

池谷管理官が何度かうなずいている。考えているのだ。話に矛盾はないかどうか。

彼は慎重にならなければならない立場だ。捜査本部全体の雰囲気は高揚している。風間の容疑が固まったと考えているのだ。

「つまり……」

池谷管理官は言った。「その少年は、犯人が風間だと示唆しているわけかね？」

「この情報は影響力が大きいと考えて、私はこれでも控えめにしゃべりましたがね……」

戸倉は言った。「ええ。柴本耕一は、風間が刺したと信じているようでしたね」

私は、思わず速水の横顔を見ていた。風間の容疑は濃厚になったと考えていいだろう。

これでも、彼は風間の、やっていないという言葉を信じるのだろうか。

池谷管理官は独り言のように言った。

「どうにも、目撃情報が少なすぎる」

本庁の佐治係長がそれを受けて言った。

「たしかに現場付近は、若者たちが夜中まで遊んでいるといっても、それはほとんど限られた若者たちでしょう。そういう連中は警察には非協力的です。被害者にしても、けっして評判がいいとは言えませんからね」

「評判がよくない？」

「ええ」

佐治係長は、相楽の顔を見た。相楽はうなずいて発言した。

「あの辺に集まる若者たちは、たいていは土地鑑がありません。つまり、よそから台場に遊びに来るんです」

このへんの佐治と相楽の呼吸はさすがだった。「それで、地取り捜査の結果ははかばかしくないのですが、それでも被害者の評判は聞こえてきますね。あのあたりの飲食店や遊興施設の従業員の話だとか……。そういったものを総合すると、どうにも手に負えない不良少年だったようですね。喧嘩はする、飲食店の中で騒ぐ、女の子にはちょっかいを出す……。ある飲食店従業員の話だと、レイプの常習犯だという噂もあったそうです」

吉岡は、別に家庭環境が複雑だったわけではない。それは、明らかだった。理由もなくぐれていたわけだ。それは、私が訪ねた二人のブラックシャークのメンバーにも言える。彼らは特に問題のある家庭で育ったわけではなさそうだ。特に西野康彦のほうはそうだった。たしかに、梶典之の両親は離婚している。しかし、彼よりもはるかに恵まれない子供は大勢いる。彼は少なくとも不自由な生活をしているようには見えなかった。

少年が非行に走る原因は、昔とは違っている。私たちにとっては理解できない理由が彼らにはあるのだ。自分たちは抑圧されていると感じており、それを世の中のせいだと思っている。

今の少年たちは、人生がままならないのはすべて大人のせいだと思いこんでいるのだ。人生がうまくいかないのは、誰のせいでもない。すべての人間がおそらくはそう感じているのだが、今の子供たちはそうは考えられないようだ。

離婚が子供に与える影響はたしかに少なくないだろう。その点については、私は何も言う資格はないかもしれない。

娘の涼子はぐれもせず、素直に育ってくれた。しかし、彼女だって難しい年頃を過ごしたはずだ。その苦労をすべて別れた妻に押しつけてしまった。私は……。

いや、今はそんなことを考えているときじゃない。

私は会議に集中しようとした。

「他に目撃情報がないとなると、これは有力な情報と考えねばならないな」

池谷管理官が言った。「今後も地取りからの情報が期待薄となると、鑑取りにいっそうがんばってもらわなければならないが……」

佐治係長が池谷管理官に質問した。

「逮捕令状《オフダ》、取れませんかね？」

「疎明資料次第だな。風間の容疑を裏付けるような目撃情報をかき集めて、裁判官を説得すれば何とかなるかもしれないが……」

相楽が勢い付いて言った。

「目撃情報はすべて報告書にまとめてあります」

池谷管理官が驚いた顔で言った。

「手回しがいいな」

「その報告書の中には、風間の容疑を固めるのに役立つものがあるはずです。例えば、彼の車のナンバーを目撃しているという証言とか……」

池谷管理官はうなずいた。

「いずれにしろ、状況証拠ということになるな……。やはり、自白がないときついな」

村雨が尋ねた。

「容疑が確定したとなると、被疑者の扱いはどうなります？」

それは質問というより、確認という口調だった。

「我々が送検した後、検察は、家庭裁判所に送致しなければならない。殺人事件となると、家裁から差し戻しされて、あらためて検事捜査ということになるだろう」

村雨はうなずいた。こういう確認を取るところがいかにも村雨らしい。

「家裁の判断によっては、証拠不充分ということもあり得ますね」

「そこだよ……」

池谷管理官が苦い顔になった。「少年犯罪は全件送致主義だ。証拠をかき集める前に家裁が証拠不充分で不起訴と判断してしまう恐れがある。自白だ。自白がほしいんだ」

池谷管理官は、私と速水のほうを見た。

私はうなずいて見せるしかなかった。

8

捜査員たちは、何とか風間の容疑を確定しようと一致団結し、捜査に拍車をかけた。全員が猛然と、聞き込みに回った。一度話を聞いた人々のところに、また足を運ぶ。

ブラックシャークや紅巾団の連中がいくら非協力的な態度を取ろうが、かまってはいられない。

獲物を追う猟犬たち。ゴールが見えた刑事たちの勢いを止められる者はいない。

私と速水は、火曜の朝から風間の取り調べを行っていた。

検察は、風間を家庭裁判所に送らなければならない。しかし、送検するまでは、われわれ刑事の領分だ。刑事のやり方でやるしかない。

風間の態度はまったく変わっていない。憔悴《しょうすい》の色もない。疲れているのは私たちのほうだ。いや、私だけかもしれない。速水も疲れた様子は見せなかった。

何を尋ねても風間は、こたえようとしない。捜査本部全体が、私たちに期待しているのがわかった。私は焦《あせ》っていた。

速水は、ほとんど尋問に参加しなかった。私の横で腕を組んで風間を見つめている。

取り調べを始めて一時間ほどした頃、ドアをノックする音が聞こえた。池谷管理官が立っていた。

　私と速水は廊下に出た。

「どうだね？」

　私は尋ねられて、かぶりを振った。

「捜査一課長とも相談したんだが、とりあえず逮捕状を請求して正式な逮捕にしてはどうかと思ってな」

　逮捕状が取れるのならそれが一番だ。これだけ調べて他の容疑者が浮かんでこないとなると、風間の容疑は固いと見ていいのかもしれない。

「私には異存はありません」

　池谷管理官はうなずいた。

「待ってくれ」

　そのとき、速水が言った。私と池谷管理官は同時に彼の顔を見た。

「誤認逮捕となると、捜査本部の名誉にかかわるんじゃないのか？」

「誤認逮捕？」

　池谷管理官は、眉間に深く皺を刻んだ。「それはどういう意味だ」

「おい、速水……」

　私は制止しようとしたが、速水は私をあっさりと無視して池谷管理官に言った。

「本人はやってないと言ってるんです」

池谷管理官は、苦い顔で言った。

「誰だってそう言う。それを一々真に受けていたら、刑事は勤まらない」

「自分は刑事じゃありません」

「関係ない。犯罪者の言い逃れに過ぎんのだろう。誤認逮捕と言ったな？　彼が罪を犯していないと考えるに足る根拠が、何かあるのか？」

「風間は事件についてはほとんど何もしゃべっていません。ただ一つ、言ったことが、自分はやっていないということなんです。これは、耳を貸す必要があるんじゃないですか？」

私は、速水を捜査本部に引っ張った手前、ひやひやしていた。しかし、私は速水という男をよく知っているつもりだ。彼は、感情に流されるようなやつではない。

ここは覚悟を決めて、速水の言い分を聞くことにした。

池谷管理官は、私と速水を交互に見て言った。

「自白が取れないんで弱気になっているんじゃないだろうな？」

「自分もこのハンチョウも、弱気になるような人間じゃありませんよ」

そうだろうか？　私にはあまり自信がない。

「それで、本人の主張以外に何か根拠はあるのか？　風間以外の人間の容疑を裏付けるようなものは……？」

「ガンメタのゼット」

速水は言った。私は、思わず速水の顔を見ていた。それは根拠というにはあまりに希薄だ。

　池谷管理官は怪訝そうな顔をした。

「それがどうしたね？」

「事件直後、現場からガンメタリックのフェアレディーZが逃走したのを見たという目撃者が、二人いるんです」

「それはすでに会議で聞いた。だが、それが、風間以外に犯人がいたことの根拠になるとは思えん」

「風間の車のナンバーを確認した目撃者が出ましたからね。誰もが、そちらに注意を奪われていた。しかし、本当にガンメタのゼットがいたとしたらどうです？」

　速水の口調は淡々としてた。それだけに、事実を話しているという雰囲気があった。池谷管理官は、一瞬考え込んだ。

「そうだな。風間は少年だ。扱いは慎重にしなければならない。いずれにしろ、今のままじゃ送検はできない。もっと事実関係を洗い出さないと……」

　彼はまた、私と速水を見た。そして、言った。

「今の話を、夕方の捜査会議でもう一度してくれ。逮捕状請求の件は、そこであらためて話し合おう」

　池谷管理官が歩き去ると、私は速水に言った。

「ガンメタのゼットだって？」

「ああ、そうだ」

「あれは、それほど根拠のある話とは思えない」

速水は正面から私を見た。

「なあ、ハンチョウ。誰もが、不良少年の言ったことなどあてにならないと思ってしまう」

「そんなことはない。そういうことを言ってるんじゃないんだ」

「聞けよ。聞き込みに回る刑事も人間だ。どこかに、ガキどもはいい加減なことを言っているという先入観があるはずだ。そうじゃないか？」

「ないとは言い切れない。だが、ないと信じたい」

「あんたはどうなんだ？」

「本当にガンメタのゼットがいたとは思えない。むしろ、あの二人がどうしてそんな嘘をついたのかが気になっている」

「もし、あの二人が本当のことを言っていたらどうなる？　そして、風間も本当のことを言っていたら？　そういうふうに考えはしないのか？」

そう言われて、私は考え込んだ。

理屈ではたしかにそういう仮定もあり得るはずだ。しかし……。

「ハンチョウ、俺に話をさせてくれないか」

「風間とか？　二人きりにするわけにはいかない」

「あんたもいてくれていいよ。ただし、一切口出しなしだ」

私は考えた。

どうせ、今のままでは埒《らち》があかない。私は言った。

「かまわんよ。やってくれ」


今度は速水が風間の正面に座り、私が脇に回った。だからといって、風間の態度が変わったわけではない。相変わらず、涼しい眼で私たちを眺めているだけだ。

風間はまだ十九歳だ。人生経験がそれほど豊富とは思えない。どうしてこうも堂々としていられるのか不思議だった。

速水は、風間が一匹狼だと言っていた。それが何か関係あるのだろうか？　あるいは、あの命を懸けたバトルだ。一瞬の判断ミスや運転の失敗が直接死に繋がる。

その世界に生きているというのは、我々が想像もできない精神力を物語っているのかもしれなかった。しかし、私には、その精神力や集中力を無駄に使っているとしか思えない。おそらく、速水も同じことを考えているはずだ。

速水が言った。

「俺は本当のことが知りたい。おそらくおまえは、本当のことを知っている」

風間の表情は変わらない。

反抗心をむき出しにしてくれれば、むしろやりやすい。感情を揺さぶるのも尋問のテクニックの一つだ。

しかし、風間は、ただ穏やかな眼でこちらを見るだけだ。その眼が冷たく底光りしている。体格は華奢で、恰好もいたっておとなしいが、この眼だけは威圧感がある。本物の威圧感だ。

速水はさらに言った。

「おまえは、吉岡を殺してないと言った。それは本当のことなのかもしれない。だが、それを証明する必要がある。他に何か知っていることがあったら、しゃべったほうがいい」

私は、じっと風間を見ていた。風間は、穏やかな顔で速水を見返している。

今、速水は風間の無実を信じるような言い方をしている。だが、私はもう驚かなかった。文句を言う気もない。今は、風間に何かしゃべってほしいだけだ。

だが、風間は何も言わない。

彼は筑波山で、何もしゃべらないと明言した。自らその言葉に従っているような気がする。

速水も落ち着いていた。腹を据えた感じだった。速水は、相手がどんなやつでも本気で相手をすると言っていた。たしかに、その言葉どおり、二人は対等な関係のような気がした。

ここは警察の取調室で、速水は警官だ。それを考えるとこれは不思議な光景だった。

「ガンメタのゼットを見たというやつがいる」

速水が言った。「おまえ、見なかったか？」

ふと、風間の眼に表情の変化が認められた。どうやら、彼はかすかに笑ったようだった。速水もそれに気づいたのだろう。彼はそれ以上追及しようとしなかった。ただ、風間を見つめている。

長い沈黙の間があった。

速水は、身動きもせずに風間を見据えていた。私は何か言いたかった。この沈黙は耐え難い。

しかし、それをこらえて黙っていた。

速水と風間は無言で勝負をしているのかもしれない。これが、尋問の山場かもしれなかった。

どれくらい、沈黙が続いただろう。

やがて、速水が視線を落として体を引いた。

私は、思わず息を吐いていた。無意識のうちに息を詰めていた。

速水が先に口をきいた。

「大人を信用しないのなら、それもいい。だが、一人で生きていくのなら知恵をつけろ。誰が味方で誰が敵かを自分で見極めるんだ。すべてが敵だと思って生きていくことはできない。今、おまえは、数少ないチャンスを無駄にしたんだ。いいか？　ここにいる、この安積警部補はな、敵に回すとやっかいな男だ。決して諦めない。とことん追いつめるぞ。だが、もし、おまえが真実を知っていて、それをこの安積に教えたら、こいつはすべてを敵に回しても、おまえの味方をする」

速水は、私を引き合いに出して自分のことを語っている。私はそんな気がした。

「大人が嫌いなんだろうな。俺たちにもそういう時期があった。ほとんどのやつは、その頃のことを忘れちまったかもしれない。だが、この安積って男は、今でも忘れずにいる。こういうやつもいるってことだけは、覚えておけ」

速水は席を立とうとした。

その時、風間に明らかな変化が起きた。

彼はくすくすと笑い出したのだ。

速水は、立ち上がったまま風間を見下ろしていた。風間は笑い続けている。

再び腰を下ろすと、速水は言った。

「俺が何かおかしなことを言ったか？」

笑われてもおかしくないような、青臭い話をしたくせに……。私はそう思ったが、黙っていることにした。

そして、ついに風間が口を開いた。

「あんたも、その安積とかいう刑事と同類というわけか？」

「言っておくが、俺を相手になめた口のきき方をするな」

「わかった。気をつけよう」

その物言いは優雅ですらあった。

「何かしゃべる気になったのか?」

風間は、笑うのをやめたが、まだうっすらと笑みを浮かべていた。

「僕はいつでも本気で走る。峠で手を抜いたことはない。だから、今まで誰にも負けなかった」

「そうかい。だが、俺の聞きたいのはそんな話じゃない」

いいから、黙ってしゃべらせておけ。

私は速水にそう言いたかった。風間はしゃべりはじめている。こういうときは、流れにまかせたほうがいいというのが、尋問の鉄則だ。

しかし、速水にはそんなことは関係ないのかもしれない。彼には彼のやり方があるようだ。

風間は速水の言ったことをまったく気にした様子もなく続けた。

「つまり、他のやつが本気じゃなかったということだ。僕が言う本気というのは命を懸けるということだ。本気で命を懸けるやつがいたら、僕を抜けるはずだ。あんたは、一度だけど僕を抜いた。僕にはわかる。あんたは本当に命懸けだったということだ」

「ああ、そうだよ。俺は本気でおまえらのようなふざけたガキを摘発してるんだ。それで、どうなんだ? ガンメタのゼットは見たのか?」

風間ははっきりと言った。

「見た」

速水は、しばらく無言で風間を見据えていた。

私は、その供述をどう判断していいかわからなかった。間違いなく風間は頭が切れる。

速水から自分に都合のいい情報を得て、それを利用する気になったのかもしれない。

こういう相手には用心してし過ぎるということはない。

速水は尋ねた。

「どこで見たんだ?」

「台場だ」

「いつのことだ?」

「先週の日曜の夜……。十二時を過ぎていたから、正確には月曜の未明ということになるのかな」

「それは、殺人事件が起きた日のことだな?」

「そう」

「そのときのことを詳しく話してくれ」

「僕は台場にいた。ガンメタのゼットが走り出した。僕はそれを追った。ちょっとスピードを出しすぎて、僕はパトカーに追われることになった。パトカーを振り切らなくてはならないので、僕はガンメタのゼットを追うのを諦めた」

風間は、事実を並べるように淡々と述べた。

「ガンメタのゼットを追っていた?」

速水が言った。「なぜ、追った?」

「吉岡を後ろから刺したやつが乗ってたからね」

風間の口調は、まったく変わらなかった。よそに気を取られていたら、聞き逃してしまいそうなくらい自然な口調だ。

私はさらに慎重になった。

風間は、架空の犯人をでっち上げて捜査を攪乱しようとしているのではないだろうか。

それは、充分に考えられる。

速水はどう思っているのだろう。

もし、速水が風間の言うことを信じると言い張れば、私は自信がなくなるかもしれない。

私は、風間が言ったことを、何度も頭の中で検討していた。

風間がガンメタのゼットを追っていたのだとしたら、もっと目撃者がいてもいいのではないだろうか?

風間の黒いスカイラインGT―Rを追っていた交機隊の隊員はどうなのだろう……。

速水が尋ねた。

「ガンメタのゼットに乗っていたやつ、つまり、吉岡を殺したやつを、おまえは知っているのか?」

「知っていたとしても」

風間は、かすかな笑いを浮かべたまま言った。「僕の口からは言えない」

「仲間は売れないというわけか?」

「仲間じゃない。でも、僕は誰も売らない」

「どうして、おまえは吉岡を刺したやつを追ったんだ?」

「後ろから刺すようなやつは、許せない。そういうやり方をするやつは、罰を受けなければならない。二度と僕の前に現れないようにしてやろうと思った」

「何様のつもりだ」

速水は、怒っているようだ。うなるような低い声だった。「殺人事件は、警察の領分だ。おまえらで片づけられる問題じゃない」

「僕は、吉岡が死んだとは思わなかった。喧嘩で後ろから刺すようなやつは許せない。ただ、そう思っただけだ」

吉岡が死んだということは、翌日、正確にはその日の夕刊で報道されている。当日はわからなくても、その時点で、風間にも殺人事件であることはわかったはずだ。

どうして警察に……。

そこまで考えて、私はそれがばかばかしい疑問であることに気づいた。風間は一般社会とは違った世界に生きている。

彼らにとっては、警察は敵でしかないのかもしれない。そして、西部の開拓時代のように、自分たちのトラブルは自分たちで解決することしか考えないのだろう。

速水は、尋ねた。

「おまえは、事件のとき、なぜ台場にいたんだ?」

「土曜日や日曜日はたまに台場までやってくる」

「それじゃこたえになってないな」

「それ以外にこたえはない」

「吉岡のチームはブラックシャークとかいったな? おまえと何か関係あるのか?」

「僕は黒という色が好きだ。彼らも好きだった。それだけのことだ」

「ブラックシャークのメンバーが言っていた。黒は人気があるそうじゃないか。腕ずくで黒を手に入れたそうだな」

風間は相変わらず薄笑いを浮かべている。私はその笑いを次第に不気味に感じてきた。

「そうかもしれない」

風間はそれ以上何も言おうとしない。

速水はうなずき、ゆっくりと背もたれに体を預けた。

また沈黙の間があった。しかし、今度はそれほど長くは続かなかった。

速水が言った。

「まだ、何か言いたいことはあるか?」

「ない」

速水は席を立った。

私は廊下に出ていく速水の後を追うしかなかった。

廊下で速水をつかまえて尋ねた。

「なぜもっと突っ込んで話を聞こうとしなかったんだ?」

「ひねくれたガキにしちゃ、よくしゃべったほうだよ」

たしかにそうかもしれない。これまで、風間は貝のように口を閉ざしていたのだ。

「風間の言ったことは本当だろうか?」

「本当かどうか、調べるのがおまえさんの仕事なんじゃないのか?」

「調べる価値があれば調べる」

「風間は、ガンメタのゼットを見たと言った。そして、それを追っていたのだと……。そして、そのガンメタのゼットには、吉岡を刺した犯人が乗っていた。これは調べるに値する情報なんじゃないのか?」

「架空の犯人をでっち上げようとしているのかもしれない」

「そんなことをしても、意味がないことぐらい、風間にはわかるさ」

「おまえは、風間が本当のことを言ったと思っているのか?」

「本当かどうか調べる価値はあると思っている」

私は考え込んだ。

いろいろなことを秤《はかり》に掛けなければならない。捜査本部は、ほぼ風間容疑者説で固まっている。状況証拠だけ見れば、風間の容疑は動かしがたいのだ。

風間が犯人でないとする論拠は、本人の供述しかない。これでは話にならない。ガンメタのゼットの話はあまりに心許《もと》ない。

私が黙っていると、速水が言った。

「やつは、ちゃんと判断したんだ」

「判断した?」

「誰が味方で誰が敵か」

「それは、私たちを味方と判断したということか?」

「そうだ」

「私には、とてもそうは見えなかったがな……」

「野生の獣なんて、あんなもんだ」

風間が、私たちを味方と判断した。その言葉は、ある種の効果があった。

そう考えると、まったく口を開こうとしなかった風間がしゃべりはじめたのもうなずける。

そして、私は、風間がしゃべったことが本当かどうか確かめる気になっていた。こちらを信じようとしている相手を裏切るのは心苦しい。

気が付くと、速水は外階段に向かっていた。東京湾臨海署には階段が二つある。一つは署内にある階段。そしてもう一つは、建物の外にある非常階段だ。この非常階段のことを、私たちは外階段と呼んでいる。

　外階段を下りれば、すぐに駐車場だ。

「どこへ行く気だ?」

「ガンメタのゼットを見たという二人は、まだ何か知っている。おまえはそう思っているんだろう?」

　二人の目撃者のうちの一人、梶典之を訪ねたとき、たしかに私はそう感じた。

　脳裏に相楽の顔が浮かんだ。また二人の目撃者を訪ねたと知ったら、相楽は何というだろうか。

　だが、その時私は、行きたくないと思っていたわけではなかった。その逆だ。相楽のことを思い出したからこそ、ぜひともあの二人に会いに行こうという気になっていた。

　子供っぽい意地だったかもしれない。

9

「なんだよ……。また来たのかよ……」

私と速水の顔を見ると、西野康彦は露骨に迷惑そうな顔をしてみせた。黒いジーンズに黒いジャンパーを着ている。金色の短い髪は先日よりも勢いよく立っており、耳にピアスをしている。どうやら出かける用意をしていたようだ。

「どうしても、確認したいことがありまして……」

私はつとめて事務的な口調で言った。

「出かけるとこなんだよ」

「時間はそんなにかかりませんよ」

私は、自分の言い方が、以前に来たときより威圧的なのを意識していた。「そちらが、素直にしゃべってくれればね」

西野は、前回と同様に反抗的だった。こちらの眼を見ようとしないし、常に苛立たしげに体を動かしている。

向こうが何も言わないので、私は勝手に質問を始めた。

「吉岡和宏さんが殺された夜のことです。よく思い出してください。あなたは、事件の直後、現場から遠ざかるガンメタリックのフェアレディーZを見たと言いましたね？」

返事をしようとしない。

「はっきりと返事をしてくれないと、こちらは何度も同じ質問を繰り返すことになります。それは時間の無駄だと思いませんか？　こちらは聞きたいことが聞けない限り帰りません。つまり、あなたは出かけられないということです」

脅しているわけではない。事実を伝えているのだ。

だが、西野はたじろいだようだ。ようやくこちらの顔を見た。その眼に怯《おび》えが見て取れた。西野はたしかに怯えている。だからこそ、ことさらに反抗的な態度を取るのだ。

私は言った。

「ガンメタリックのフェアレディーZを見たのですね？」

「見たよ」

「そのガンメタリックのフェアレディーZが、誰のものか、あなたは知っていますか？」

西野は、また眼をそらし、体を動かした。しかし、今度は先ほどとは違った印象があった。ひどくおどおどとした感じだった。

「知らねえよ……」

彼は、小さな声で言った。

「本当に知らないのですね？」

「知らねえ」

「後で、あれは嘘だったと言っても通用しませんよ」

西野は、追いつめられたようにまた身じろぎした。顔色が悪い。極度に緊張しているのだ。

私は質問を変えることにした。

「あなたは、ブラックシャークのメンバーですね？」

「それは問題にしねえと言ったじゃねえか」

西野は、目を見開いて私を見た。それから、私の斜め後ろにいる速水を見て、また私に視線を戻した。過剰反応している。西野はプレッシャーに負けそうなのだ。いい傾向だ。

三度も刑事の訪問を受け、神経質になっている。もう、反抗的な態度にも疲れてきているようだ。

「問題にしようとは言っていません。ブラックシャークという集団について訊きたいことがあるだけです」

「何だよ？」

「どうして、黒という色を選んだのですか？」

私自身、この質問にどんな意味があるかわからなかった。しかし、速水は色にこだわっているようだ。

西野は、何か質問したげな顔で私を見た。私が何を知りたがっているのか気になっているだろう。

「どうしてって……」

西野は、少しばかりうろたえながら言った。「黒という色がイケてるからよ」

「それだけの理由ですか？　何でも黒は人気がある色で、ブラックシャークは腕ずくで手に入れたというじゃないですか」

「そのとおりよ」

「どうして、他の色じゃだめなんですか？」

「俺たちは、黒が好きだ。だから黒を俺たちの色にした。それだけのことよ」

「他に意味はないのですか？」

「知るかよ」

西野は明らかに追いつめられている。先ほどよりずっと落ち着きがなくなっている。指先を小刻みに動かしたり、首を無意識に振ったりしている。行動過多だ。心理的に追いつめられている証拠だ。つまり、西野は本当のことをすべて話しているわけではないということだ。

嘘をついているか、隠し事をしているか……。あるいは、その両方だ。

「私は、これから他のメンバーにも話を聞きに行くつもりです。そこで、話の内容に食い違いがあれば、もう一度話を聞きに来なければならなくなります」

この言葉は、ますます西野にプレッシャーをかけたようだった。彼は何も言わずに、両手の指をからめるように、せわしなく動かしていた。

私はもう一度尋ねた。

「黒という色に意味はないのですか?」

西野の指の動きが止まった。そして、両肩から力が抜けていくのがわかった。

やがて、西野は言った。

「黒は特別な色だ」

「どういうふうに特別なんですか?」

「黒い亡霊の色だからよ」

「黒い亡霊?」

「知ってんだろう? それは、何ですか?」

「つまり、ブラックシャークというのは、風間さんのGT－Rだよ」

「つまり、ブラックシャークというのは、風間智也と何か関係があるということなのですか?」

「俺たちは、風間さんみたいになりてえと思ってんだよ。風間さんが現れたときは、俺たちブラックシャークがガードすることにしたわけよ」

風間の威光にあやかりたいということなのだろうか。とにかく、黒という色が、彼らにとって特別な色であることはこれでわかった。

「ブラックシャークは、紅巾団と仲が悪かったそうですね?」

「あいつら、クズだ」

西野は吐き捨てるように言った。「風間さんが千葉からやってきたってだけで、楯突いてやがるんだ。たいした実力もねえくせに」

「吉岡和宏さんが刺されたとき、あなたたちは、紅巾団と喧嘩をしていましたね？」

「ああ、そうだよ。いつだって、やつらを見つけたら、痛めつけてやんのよ。あの日は、風間さんが来ることになっていたから、特にな……」

「風間智也とは連絡を取り合っているんですか？」

「連絡？　連絡なんて取れねえよ。誰も風間さんの連絡先なんて知らねえ」

「じゃあ、どうしてあの日、風間智也が台場に現れることがわかったのですか？」

「噂が流れてくんだよ」

私はうなずいた。彼らは独自の世界を構築しており、その世界の中では、やはり独自のコミュニケーションがあるのかもしれない。警察の社会にも独特のコミュニケーションがあるように……。

私は、最初の質問に戻った。

「ガンメタリックのフェアレディーZですが、それに誰が乗っていたか、知りませんか？」

西野は戸惑っていた。言いにくいことなのだろうか？　あるいは、誰かに口止めをされているのかもしれない。

だが、もう西野はしゃべる気でいる。一度タガが外れると、歯止めがきかなくなるのだ。

案の定、西野は言った。

「俺がしゃべったことを、他のメンバーや紅巾団のやつらには言わねえでくれるか？」

私は言わないと約束した。

西野は、言った。

「紅巾団の柴本だよ」

「柴本……？　紅巾団のリーダーの柴本耕一ですか？」

「そうだ。度胸もテクもねえくせに、いっちょまえに風間さんと張り合おうとしているばかだよ」

「その柴本耕一が、どうして現場から立ち去ったんですか？」

西野は私のほうを見て言った。

「俺はもう充分にしゃべった。これ以上は話したくねえな」

その態度は、先ほどとは違い本物の自信にあふれているようだった。こちらに恩を売ったという気持ちがあるのかもしれない。たしかに、西野は充分にしゃべってくれた。


私は携帯電話で、捜査本部に連絡して、今聞いた話を伝えた。ガンメタのゼットには柴本耕一が乗っていた。そして、殺人現場で風間を見たと証言した唯一の目撃者が、柴本だった。

西野の話を伝えるだけで、すぐに手配をしてくれるはずだと思った。

捜査員は、紅巾団のメンバーにも話を聞いたはずだ。

「俄然、現実味が増してきたな」

西野の住む瀬田から町田に向かう車の中で、速水が言った。

「言いたいことはわかっている。勝ち誇ったような気分なんだろう？」

「どうした、ハンチョウ。いつになく、ひがみっぽいな」

「私はやはり偏見を持っていたのかもしれない。最初、西野たちの話を聞いたときに、本当のことを言っているとは思えなかったんだ」

「今は信じているのか？」

「少なくとも、調べる価値はあると思っている」

「ならば、それで充分だろう」

「だが、わからないことがある」

「何だ？」

「どうして、彼らは、ガンメタリックのフェアレディーZに誰が乗っているか、隠していたんだ？」

「やつらは、くだらねえガキだ。犯罪集団の予備軍だし、徒党を組まねえと何もできねえ意気地なしだ。だがな、やつらにもルールがある。ルールを破ったら、その世界にはいられなくなる」

「つまり、仲間は売らないということか？」

「仲間だけじゃなく、敵対している相手も警察には売らない。対立しているグループも同じ世界の住人だ。警察はその世界の敵だ。警察に口を割るというのは、やつらにとっては恥なんだ」

私は、流れる外の景色を眺めていた。都会には季節感がない。しかし、確実に季節は秋から冬に向かおうとしているようだ。アスファルトやビルの壁の質感が変わりつつあるように感じられる。

「わかるような気がする」

私は言った。「どんなやつにだって、大切なものはあるからな」

「それにな、ハンチョウ」

速水は言った。「西野や梶は、期待していたんだ」

「期待?」

「やつらは、風間がこの事件の決着を付けてくれると考えていたんだ」

「そんなことはできるはずがない」

「だが、やつらは信じていたんだよ」

梶典之も自宅にいた。彼らは昼間はあまり活動しないようだ。梶も、黒いジーンズに、黒いTシャツを着ており、その上にやはり黒いジャンパーを羽織っていた。

西野同様に外出しようとしていたのかもしれない。だが、梶は、別段苦情は言わなかった。

「なあに？　まだ、訊きたいこと、あんの？」

私は、西野にしたのと同じ質問から始めた。ガンメタリックのフェアレディーZに誰が乗っていたか知らないかを尋ねたのだ。

梶は知らないと言った。

彼は、緊張もしていないように見える。反抗的でないのは、むしろこちらをなめているからではないかと、私は思った。警察の捜査能力を甘く見ているのだ。

もしかしたら、これまで本気の警察官に出会ったことがないのかもしれない。

「ガンメタのゼットというのは、ひょっとしたら、かなり知られている車なんじゃないですか？　それをブラックシャークのメンバーであるあなたが知らないというのは不自然ですね」

「知らねえものは知らねえ」

「黒というのは、あなたたちにとって、特別な色だそうですね。黒い亡霊……、風間智也の色だからでしょう？　あなたたちは、風間智也のシンパだったそうですね？」

この年齢の連中がシンパなどという言葉を知っているかどうかは疑問だった。しかし、意味は伝わったはずだ。

梶の目つきが変わった。急に鋭さを増し、油断のない眼差しになった。

「誰だよ、そんなこと言いやがったのは？」

「警察をなめてはいけない。それくらいのことは調べられます」

「俺たちが勝手にやってることだ。風間さんには関係ねえ」

「あくまでも、風間智也には迷惑をかけたくないということですね?」

「当然じゃねえか。あの人を怒らせたら、二度と湾岸や東関道あたりでは走れなくなる」

「俺を怒らせても、同じことになるんだがな……」

私の後ろで速水が言った。

梶は、西野のように簡単にプレッシャーに屈しそうにない。そこで、彼は助け船を出すことにしたようだ。

梶が、不愉快げに速水を見た。

「あんた、誰?」

それは、相手をなめきった口調だった。挑発的ですらあった。

速水は、落ち着いた声で言った。

「ベイエリア分署スープラ隊の小隊長だ。速水ってんだ。聞いたことくらいはあるだろう?」

「スープラ隊のヘッド……」

梶の眼に、一瞬だが驚きの色が浮かんだ。彼は、余裕の笑みを浮かべようとしたが、それは失敗してぎこちなく頰を動かしただけとなった。

彼は、速水を恐れているのだ。その動揺を隠そうとしている。

私はその動揺を逃すまいとして尋ねた。

「あなたたちは、紅巾団と抗争を繰り返しているそうですね？　事件の日も、紅巾団と派手な喧嘩をしていた。そうですね？」

梶は、さっと肩をすくめてみせた。

「ちゃんと言葉で返事をしていただきたいのですが……」

「ああ、そうだよ。紅巾団のクズどもをとっちめていた」

「そのときのことを詳しく話してください」

「俺がしゃべんなくても、警察は何でも調べられんだろう？」

「あなたの口から聞きたいのです」

「俺たちがいるところに、紅巾団のやつらが、来やがった。派手にやっていたんで、ちょっとシメてやろうってことになってよ……」

「なぜ、あなたたちは、あの日、台場にいたのですか？」

「別に理由はねえよ」

「私の知っている話とは違いますね。あの日は、風間智也が台場に来ることになっていた。違いますか？」

梶はまた、不愉快そうに顔をしかめた。

「どうなんです？」

「知ってんなら、訊くことねえだろう？」

「確認を取りたいんです。あなたたちは、風間智也が来るので、台場に出かけていったのですね?」

「そうだよ」

梶は自嘲気味に言った。「ああ、そうだ。風間さんが来るってんで集まったんだ。風間さんを歓迎してやろうと思ってな。そこに、紅巾団のやつらがやってきた。それで追っ払ってやろうと思ったわけだ」

「紅巾団と風間智也はどういう関係でしたか?」

「どういう関係って……?」

「友好的だったか、それとも敵対していたか……」

梶はまた肩をすくめた。

梶も徐々に追いつめられてきたようだ。だが、その動きがさきほどよりぎこちなかった。私の尋問テクニックより、速水の圧力のほうが功を奏しているのかもしれない。

「紅巾団のやつら、風間さんの凄さを知らねえ。だから、千葉のやつなんて、習志野からこっちに入れるなとふざけたこと言っていやがった」

「それが、抗争の原因ですか?」

「それだけじゃねえさ。とにかく、やつらはむかついた」

「当然、向こうでもそう思っていたでしょうね」

「くだらないもめ事もあったしな……」

梶は、つい口を滑らせたようだ。言ってから、後悔したような表情になった。私はそれを見逃さなかった。

「そのくだらないもめ事というのは？」

梶は、苦しげに顔をしかめた。

「俺にチクれってのか？」

「あなたが言ったことは、周囲には伏せておきますよ」

「そういう問題じゃねえんだよ」

梶は、反感を見せはじめた。その出鼻をくじかなければならない。

「風間智也にすべてを任せようと考えているのですか？」

梶は何も言わない。一瞬反感を募らせそうになる。

「残念だが、それは不可能なんですよ。風間智也の身柄は我々が確保しています」

「なんだと……」

梶の凶暴な面がむき出しになった。危険な光が眼に宿る。

「事件の参考人です。事情を聞くために署に来てもらっています」

「参考人……？」

「そうです。しかし、いずれ容疑者になるかもしれない。彼の黒いスカイラインが現場で目撃されている。証人が何人もいるんです」

「違う。風間さんは、ガンメタのゼットを追って行ったんだ」

私はうなずいた。

「そういうことも含めて、事実を一つずつ明らかにしていかなければならない。でなければ、もし、風間智也が無実だとしても、彼を救うことはできないのですよ」

「風間さんを救う……？」

「そう。あなたの供述が、彼を救うかもしれない」

梶は考えている。言ったほうがいいか、言わずにいるほうがいいか、迷っているのだ。つまり、それは、問題を自分たちの世界に閉じこめておくか、こちらの社会に預けるか迷っていることを意味している。私は、彼に考えさせることにした。

梶は、ずいぶんと長いこと無言でいた。が、やがて、彼は言った。

「吉岡のばかが、紅巾団のメンバーの女を犯《や》っちまってよ……」

「やっちまった？　それはどういうことです？」

「レイプしたんだよ。吉岡はナンパだって言ってたけどな……。あいつ、そういうことが好きでよ。俺は、そうじゃねえよ。俺はいつかは、風間さんといっしょに走ってみてえと思っているわけよ。吉岡のせいで、つまらねえもめ事を抱えることになっちまった。本当はあいつとはツルみたくなかった。でもよ、ブラックシャークはあいつが作ったチームだし、あいつが腕ずくで黒という色を手に入れたのも事実だ。だから……」

梶はしゃべりはじめた。堰《せき》が切れたのだ。

尋問をしていると、必ずこの瞬間が来る。隠し事をしているより、しゃべってしまったほうがずっと楽だとわかる瞬間だ。

梶は、この問題がすでに自分たちの狭い世界では解決できないということを悟ったのだろう。

この機を逃す手はない。私は、もう一度尋ねた。

「ガンメタリックのフェアレディーZには、誰が乗っていたんですか？」

梶は小さな声で、参ったな、とつぶやいてから言った。

「柴本耕一。紅巾団のトップよ」

これで、西野と梶の供述は一致した。

私はさらに慎重に尋ねた。

「吉岡がレイプした女性というのは、誰と付き合っていたのですか？」

梶は、溜め息をついた。

「柴本だ」

梶は、眼をそらし、下を向いていた。私にしゃべったということは、彼の敗北を意味するのかもしれない。あるいは、彼の世界が我々の社会に敗北したのだ。

彼は一つ学んだことになる。

私は礼を言って立ち去ることにした。梶はうつむいたまま、身動きもしなかった。その姿が、来たときより小さく見えた。

速水は珍しくずっと無言で運転をしていた。車は風間の黒いスカイラインだけでなく、もう一台いた。そして、その車に乗っていたのは、被害者のグループと対立していた紅巾団のリーダーであり、そのリーダーは、被害者に個人的な怨みを抱えていた。

女を巡る怨みは、殺人の動機になりうる。風間には動機はない。

速水の風間無実説が現実味を持ちはじめたのだ。してやったりと思っていても不思議はない。

しかし、無言で運転する速水は、そうは見えなかった。急に不機嫌になってしまったように見える。

私はその理由について考えてみた。しかし、結局わからなかった。

レインボーブリッジが見えてきた。私は速水に尋ねてみた。

「何か気に入らないことがあるのか?」

ややあって、速水は深い吐息を洩らした。

「あのばかどもは、こうして殺人事件でも起きない限り、目が覚めねえのかと思ってな……」

「ブラックシャークの連中のことを言っているのか?」

「そうだ。やつらは、傷害や恐喝、強姦を犯罪とも思っていない。道路交通法は無視する。他人の迷惑よりも目立つことを考えている。そして、それを取り締まる警察とは、ゲームをやっている気でいるんだ」

「古今東西、そういう輩はいなくなったためしがない。だから、我々が必要なんだ」

「俺は心底腹が立つんだ。あの風間のようなやつを、神のように崇《あが》めているばかなやつらがな……。だからこそ、風間のようなやつはぶっつぶさなけりゃならないと本気で思う」

「私は、ひょっとしたら、おまえが、風間に対して何らかの共感を持っているんじゃないかと疑ったことがあった。どうやら、それは間違いだったようだな」

「俺は昔から車やバイクが好きだった。だからこそ、そのテクニックや度胸を無駄遣いしている風間にも腹が立つ。ばかどもにちやほやされていい気になっている風間も、ただのばかだ」

私は若い頃の速水を想像してみた。きっとずいぶん無茶をやっていたのだろう。もしかしたら、暴走行為もしていたかもしれない。もし、そうだとしたら、彼が暴走族に情熱を燃やす気持ちも理解できる。

だが、今は警察官をしている。その事実が大切なのだと、私は思った。

「風間が犯人ではないと考えたのは、風間が気に入っているからではないのだな?」

「気に入っているからではない。よく知っているからだ。あいつは頭がいい。人を後ろから刺したりしたら、自分の評判ががた落ちになることをよく心得ている」

私はうなずいて、窓の外を見た。

高速道路の上から西の空を見ると、ビルの間から時折、夕日が見える。東京の街が夕焼けに染まっていた。私は、風間を初めて見たときの光景を思い出していた。

10

捜査本部に戻ると、私は、柴本耕一の記録を受け取った。コンピュータの中には、検挙された記録はない。しかし、警視庁の生活安全部少年一課にいくつかの記録があった。年齢は十九歳。若い頃から多摩地区を中心に暴走行為を繰り返しており、三カ月ほど前から犯罪助長集団を組織した。つまり紅巾団のことだ。

私はその書類を持って、池谷管理官と榊原課長のもとへ行った。

「柴本耕一はどうなりました?」

私は池谷管理官に尋ねた。

「今、事情を聞きに捜査員が四名向かっている」

池谷管理官の表情は、複雑だった。私は、その顔を見て、事態が想像と違うことに気づいた。すでに逮捕状が請求されて、捜査本部全体が身柄確保に向けて動いているものと思っていたのだ。

「事情を聞きに……? 逮捕じゃないんですか?」

「安積係長……」

池谷管理官は慎重な態度で言った。「冷静に判断してだね、君からの情報を鵜呑《うの》みにするわけにはいかないと思うんだ。風間や、その二人が嘘を言っている恐れもある」

「私も鵜呑みにしているわけではありません。調べてみる価値があると思っているだけです」

「しかしね、係長……」

榊原課長が、困り果てた表情で言った。「今さら、捜査本部の方針を引っかき回すようなことを言われても……」

「これは捜査の結果なんです」

私は言った。「捜査本部を引っかき回すつもりなどありません。事実を見誤る危険は避けなければなりません」

榊原課長は、池谷管理官の顔色を見ていた。

しばらく、考え込んでいた池谷管理官は言った。

「捜査会議で発表してくれ。他の者の意見も聞いてみたい」

「そんな悠長な……。柴本の身柄を確保すべきです」

「だから、捜査員を向かわせている。とりあえず、それは話を聞きに行っている捜査員の判断に任せよう。柴本が逃走を試みるなどの動きを見せれば、当然身柄を拘束するだろう」

私は、無力感を覚えた。

捜査本部というのは機能的で、きわめて合理的に動いている。どんな小さな疑問点も見逃さず、それを手がかりとして、一直線に真実に向かって行く。一般の人々はそう信じているに違いない。

だが、実際はこんなものだ。いったん、方針が立ってしまうと、その軌道修正には大きなエネルギーを必要とする。

私は捜査会議を待つことにした。

午後五時上がりで、捜査員たちが戻ってくる。それからすぐに捜査会議が開かれた。池谷管理官は、会議の冒頭で、私を指名した。

隣に座っている速水が、そっと言った。

「びびるなよ」

私は、順を追って、なるべくわかりやすく説明をした。慎重に言葉を選び、風間だけを容疑者と考えるわけにはいかなくなったことをわからせようとした。

説明にはそれほどの時間はかからなかった。捜査員たちは、一様に戸惑いの表情を浮かべている。私が報告を終えると、捜査本部内がざわざわとした。

誰もが困惑しているように見える。それはそうだろう。捜査員というのは、本部の捜査方針に従って、証拠や証言をかき集めてくるのだ。

その方針が揺らげば、どうしていいかわからなくなるのも当然だ。

私は、報告が歓迎されていないことを肌で感じ取った。捜査員は誰でも事実を追求しようとしている。真実から眼をそらしていいなどとは考えていないはずだ。

しかし、仕事はなるべく混乱しないほうがいいと思っているのも事実だ。特に、疲れてくると余計なことはやりたくなくなるのが人情だ。

事件は大詰めと思われていた。もし、現場で風間を見たという証言と、自供が取れれば、送検できると、誰もが思っていたことだろう。それをひっくり返されたことになるのだ。

最初に意見を言ったのは、本庁の佐治係長だった。

「ここは冷静にならなければなりませんね。問題を整理してみましょう。風間が犯人たと考えられる根拠は何です？　まず、第一に、六名もの目撃者だ。六人が、現場から逃走する風間の車、すなわち、黒いスカイラインＧＴ－Ｒを見ているんです。そして、そのうちの一人はナンバーを確認している。風間は、その後、捜査の網をかいくぐるように潜伏していたと思われます。ずっと行方をくらましていたんです。そして、あの逃走劇。何もやっていないのなら、高速湾岸線から筑波山まで逃げる必要はないでしょう」

佐治係長は、自分の言葉が理解されているか確かめるように、間を取って周りを見回した。捜査員たちの何人かがうなずいていた。

「別の車を見たというのは、二人に過ぎない。六人対二人ですよ。しかも、現場付近は暗かったと想像されます。暗い場所で黒い車を見たんだ。見間違えることもありますよ」

また、数人の捜査員がうなずいた。その中に相楽もいた。相楽は熱心に佐治係長の話を聞いている。

私は言った。

「私も当初、二人の見間違えではないかと疑っていました。しかし、二人は、その車は黒のスカイラインGT−Rではなく、ガンメタリックのフェアレディーZだったと言ったのです。二人の証言が一致しているんですよ」

佐治係長は、捜査員たちにではなく、はっきりと私に向かって言った。

「だが、その二人は、ブラックシャークのメンバーなんだろう。口裏を合わせているということも考えられるじゃないか」

「二人だけではなく、風間もガンメタリックのフェアレディーZを追っていたと言っています。もちろん、誘導尋問にならぬように質問の仕方には充分に気を配りました」

「それは、犯人の言い逃れに過ぎないとは思わないのかね?」

「それも考慮しました。しかし、言い逃れだと断定はできません。断定する材料がないんです」

佐治係長はうなずいた。

「そう。材料がない。それは根拠がないということだ」

「しかし、風間と、二人の目撃者、つまり、西野康彦と梶典之ですが……、彼らは接触しているとは思えません。にもかかわらず、ガンメタリックのフェアレディーZの証言は一致しているんです」

佐治は私を見ながら、一瞬考え込んだ。

その時、すかさず相楽が助け船を出した。

「安積さん。そのこたえは、あんた自身が聞き込みで見つけて来たじゃないですか」

その口調は、皮肉のようにも聞こえた。

「私が、聞き込みで……？」

「ブラックシャークの対抗グループ、紅巾団ですよ。その、ガンメタリックのフェアレディーZっていうのは、紅巾団のリーダーの車なんでしょう？　そして、ブラックシャークっていうのは、風間のシンパだということがわかった。それがこたえですよ」

どういうことだろう。

私は、無言で相楽を見つめていた。相楽は、説明を始めた。

「つまりですね、ブラックシャークの連中はみんな、柴本耕一がガンメタリックのフェアレディーZに乗っているということを知っていた。憧れの風間をかばおうとしたブラックシャークのメンバー二人は、誰かに罪を着せようと考えた。そこで思いついたのが、対抗グループのリーダーの車ですよ。二人は、現場から逃走した車は、風間の車ではなく、柴本の車だったということにしようと考えた。これはごく自然な推論だと思いますが……」

そうだろうか？

私は、その推論とやらを検討してみた。その上で尋ねた。

「ガンメタのゼットを追っていたという風間の証言はどうなります？　さっきも言ったように、二人の目撃者と風間は接触していない」

「本当にそう言いきれますか？」

私は口をつぐんだ。その確認は取れていないし、取るのは不可能に思えた。

相楽は勝ち誇ったような表情になってきた。

「風間は、事件発生から身柄確保まで、行方がわからなかった。どこで何をしていたかわからないんです。ブラックシャークの連中と連絡を取り合ったことだって考えられるじゃないですか」

「しかし……」

私は言った。「もし、風間が犯人だとしたら、彼がブラックシャークのリーダーを殺したことになるんですよ。リーダーの敵《かたき》をメンバーがかばったりするでしょうか」

「そのこたえも、あなた自身が聞き出しているんですよ。気づかないのですか？　被害者のこと目撃者のうちの一人、梶典之でしたっけ？　彼が言ってるじゃないですか。二人のことを気に入っていたわけじゃない、と……。彼はリーダーである吉岡和宏ではなく、風間に憧れていた。そうでしょう」

私は周囲の雰囲気が気になっていた。捜査員たちの多くは、しきりにうなずいている。どうやら、相楽の論旨のほうが明快なので、捜査員たちが説得されはじめているようだ。加えて、捜査員たちには、余計なことはしたくないという気持ちがある。捜査は効率的に進めたいのだ。

嫌な言い方をすれば、刑事は検察を納得させる材料をそろえればいいのだ。たいていの場合、それは真実を物語っている。だが、稀にそうでない場合がある。今回がその稀なケースなのかもしれないと、私は思いはじめていた。

「動機の点が気になります」

私は、何とか食い下がった。「風間が吉岡和宏を殺す動機は明らかではありません。しかし、柴本耕一は、恋人を吉岡和宏にレイプされているというのです」

「そのレイプですが、記録に残っているのですか？」

「いや、記録には残ってはいません。おそらく表沙汰にならなかったのでしょう」

「では、それが実際に起こったことなのかどうか、わかりませんね。それを供述したのは梶典之でしたっけ？　頭をしぼってでっちあげたのかもしれません。あるいけ、頭のいい風間が考えて指示したのか……」

「頭がいいのなら、そんな小細工をしても警察を欺けないことくらいわかるでしょう」

私がそう言うと、相楽は笑みを浮かべた。

「安積さん。事実、あんた、欺かれかけているじゃないですか」

捜査員の何人かが失笑した。

相楽は私を挑発している。自分が一度聞き込みに行った相手に、私が会いに行ったことを根に持っているのだろうか？

真顔になると、相楽は言った。

「それにね、実際にレイプ事件があったとしても、それが動機になりうるかどうか……。やつらの世界では、レイプなんてそう珍しいことじゃないはずです。吉岡和宏に襲われたという女性は、カラーギャングの恋人でしょう? 街中で真夜中に遊び回っている連中の一人ですよ。どうやら、安積さんは、そういう少年少女たちの生活をよくご存じないらしいですね」

私はたしかに、そういう少年少女の生活に実感がわかない。しかし、知らないわけではない。

相楽こそ、偏見を持っているような気がする。書類や週刊誌の記事ばかり眺めていると、陥りやすい偏見だ。

だが、そんなことをこの場で議論する気にはなれなかった。時間を無駄にはしたくなかった。

そのとき、私の横で速水が言った。

「やつらにとって、女を取ったの取られたのってのは、大事《おおごと》ですよ」

その口調があまりに自信に満ちているので、捜査本部のほとんどの人間が、速水に注目した。

速水は落ち着き払って言った。

「族だの、ギャングだのってのは、自分は普通の社会からはみ出したと考えている。その原因の多くは、人間関係の疎外感だ。だから、ああいうグループにいる連中は、人間関係に飢えている。必要以上に人間関係を大切にしようとするんだ。先輩後輩の縦社会を作ろうとするのも、そのせいだ。そして、男女間の関係は、密接だ。やつらは、狭い社会の中で濃密に付き合おうとする。だから、その人間関係が誰かに壊されたときは、俺たちの想像以上に傷つき、腹を立てるんだ。他のことが見えなくなるくらいにな。このハンチョウは、そういうことを感じ取る感受性を持っている。あんたこそ、少し勉強したほうがいい」

またしても、さきほどと同様に捜査員たちの失笑が起こった。

相楽は、鋭い眼で速水を睨んだ。速水は腕を組んだまま、涼しい顔で座っていた。

「とにかく……」

相楽は言った。「そのレイプとやらが、今回の殺人の動機とは思えない」

私は、相楽に尋ねた。

「では、動機は何だと思いますか？」

「会議の報告を聞いていなかったのか？　あの夜、ブラックシャークと紅巾団は乱闘していた。はずみで刺したと考えるのが妥当だろう」

「ブラックシャークは風間のシンパです。風間が乱闘の最中に、そのシンパのリーダーを刺したというのですか？」

「あの連中のことだ。何をするかわからんよ」

これも、偏見による発言だと思った。しかし、その判断は、捜査員たち個々人に任せて、私は、報告を終えることにした。

そのとき、電話が鳴った。柴本耕一のもとに向かった捜査員の一人、戸倉から連絡が入ったのだ。講談のような名調子で報告をする、本庁のベテラン刑事だ。

戸倉たちは、柴本耕一に会えなかったと伝えてきた。どうやら行方がわからないらしい。その知らせを聞いた捜査員たちに、動揺の色が見えた。

「気になるな」

池谷管理官がつぶやくように言った。「逃走した恐れもある……」

佐治係長が言った。

「どこかに遊びに出ているのかもしれませんよ」

私はそれを無視して言った。

「応援をやって、柴本の身柄を確保する必要があります」

池谷管理官はうなずいた。

「よし、とにかく、柴本を見つけよう。何人か、急行して戸倉君たちと合流してくれ」

榊原課長が指名して、四人の捜査員を向かわせた。彼らは、即座に席を立ち、出かけて行った。

すると、佐治係長が言った。

「柴本の件は、それでいいでしょう。後は、戸倉さんたちにまかせておけばいい。今、全力を挙げるべきは、風間の犯行を立証することです。彼をどれくらい置いておけます？」

佐治係長は、あくまで風間の送検にこだわっている。

池谷管理官は苦い顔になった。

「もう限界だな……。あくまでも参考人だから、任意同行ということになっている。まあ、逃走の恐れがあるということで、泊まってもらっているわけだが、本来少年法に照らして望ましい状況ではない」

「何とか、自白を取れませんかね……。安積さんたちでだめなら、私らがやりましょうか？」

佐治係長は自信たっぷりだった。相楽も同様の表情で、池谷管理官を見つめている。

「そうだな……」

池谷管理官は脂の浮いた顔をなでてから、吐息とともに言った。「それも手かもしれない」

それを聞いて、私が何とも思わなかったかと言えば嘘になる。しかし、捜査はあらゆる方法を試みるべきだ。そう言って自分を落ち着かせた。

私は速水を見た。速水は、平然としている。そればかりか、かすかに笑いさえ浮かべている。彼は自信があるのだ。

風間は、速水以外の捜査員には絶対に何もしゃべらないという自信が……。

私は言った。

「私たちも、戸倉さんといっしょに、柴本を追いたいのですが……」

池谷管理官は、難しい顔で私を見た。

「たしかに、調べてみる価値はあるかもしれんな。その過去のレイプ事件やら、何やら……。相楽君が言うようにちょっと弱いが、動機にはなりうるかもしれない」

「そちらに、人手を多く割くのはどうかと思いますね」

相楽が言った。「早く風間の容疑を固めるためにも、一人でも多くの捜査員が必要です。柴本の件は、おそらく否定を確定するための作業になるでしょうからね」

私としては、こちらに一人でも多くの捜査員が必要だった。もし、柴本が犯人だとしたら、必死に逃げ回っているだろう。風間を探したのと同程度の人手と組織力が必要になるかもしれない。

とてもそれを言いだす雰囲気ではない。私は負け戦《いくさ》覚悟で発言しようとした。すると、それより早く、速水が言った。

「黒いスカイラインGT—Rを見つけだすのにどれだけ苦労したか忘れたわけじゃないでしょうね?」

佐治と相楽が、速水の顔を見た。

池谷管理官が速水に尋ねた。

「それはどういうことかね?」

「もし、柴本がどこかに潜伏していたり、必死に逃げ回っているとしたら、探し出すのはちょっとホネだということですよ」

「考えすぎだよ」

相楽が言った。「どこかで遊び回ってるんだ。ひょっこり現れるよ」

私は、言った。

「速水は、そうでなかった場合のことを言ってるんです。当然、そう考えて動くべきです」

「しかし、人手は割けない」

佐治が冷たく言った。「捜査本部の方針は、風間の容疑を固めることだ。たしかに、柴本という新しい要素が加わったことは認める。しかし、それで風間の容疑が揺らいだとは、私には思えない」

その尻馬に乗るように、相楽が言った。

「泣き言を言ってもらっちゃ困るな、安積さん。あんたが言いだしたことだ。自分たちで責任を取ればいいでしょう。とにかく、柴本だの、ガンメタのゼットだの、根拠があまりに希薄過ぎる。あんたは、私が見落とした点をほじくり返して、何か見つけた気になっているようだが、それは重箱の隅、ってやつじゃないですか?」

この二人の勢いを止めるのは難しい。そして、おそらく、この場にいる多くの捜査員がこの二人に同調しているという気がした。

「何も、この捜査本部の捜査員を割く必要はない」

速水が言った。「風間のGT—Rを探したときの捜索網をもういっぺん敷いてくれれば、それで済むことだ」

それを聞いて、池谷管理官が躊躇《ちゅうちょ》している様子だ。

大がかりな捜索網を敷くには、何かと手間がかかる。対象車である、黒いスカイラインGT—Rはすでに確保した。にもかかわらず、もう一度同じ態勢を敷けとは、なかなか言いにくいのかもしれない。

その時、須田がおずおずと言った。

「あのお……、ナイフの販売店のリストですけれど……」

捜査本部全体が、須田に注目した。

鑑識が凶器のかけらを元にメーカーを特定し、さらにその販路を捜査員が調べ上げた。須田が言っているのは、その販売店リストのことだろう。

「風間がナイフを購入したと証言した店はひとつもなかったんですよね。今度は、柴本の写真を持って回ってみるべきじゃないですか?」

私は、この会議で初めて建設的な意見を聞いた気がした。

池谷管理官はうなずいた。

「それはやるべきだろうな。凶器の線を当たっていたのは誰だ?」

六人の捜査員が手を挙げた。池谷管理官がてきぱきと言った。

「至急、柴本耕一の写真を入手し、それを持って、ナイフの販売店を当たる。いいな?」

捜査本部が、私たちのほうに一歩、歩み寄ったことを意味している。私は、孤立無援ではないということに気づいた。

さらに、東京湾臨海署・刑事課強行犯係のもう一人の部長刑事である村雨が言った。

「女性を巡る諍いというのは、充分殺人の動機になり得ると思いますね。通常の殺人事件ならそう考えるでしょう？　抗争事件という前提を、一度取っ払ってみたらどうです？」

まさか、村雨が発言してくれるとは思わなかった。村雨は、人一倍体制だの規則だの手続きだのを重視する男だ。

村雨は続けた。

「その件、私たちが調べてみましょう」

池谷管理官は、了承せざるを得なかった。そして、次は速水の番だった。

「風間のGT－Rを見つけた段階で、交機隊はお役ご免となっている。俺は、独自に交機隊を動かして、ガンメタ・ゼットの行方や情報を追ってみる。これは文句ないですね？」

池谷管理官は、またしてもうなずくしかなかった。

「いいだろう。やってくれ」

佐治と相楽は、最前列から振り返って私たちを見つめている。その眼に、哀れみの表情があるような気がした。

本ボシは、風間に決まっている。何を今になって手柄を焦っているんだ。そう言っているような目つきだった。

私は無視することにした。

捜査会議が終わり、私と速水はスープラ・パトカーで、柴本耕一の行方を追っている戸倉たちと合流するべく、吉祥寺方面に向かった。実は、この助手席が気に入りはじめているのだ。速水は無線で、てきぱきと指示を飛ばす。ガンメタ・ゼットに関する情報を求めている。


無線をフックに戻すと、速水は私に言った。

「本庁対ベイエリア分署という形になったな」

速水はうれしそうに言った。

「そういう問題じゃない。何が本当なのか。大切なのはそこんとこだ」

「そう言いながら、けっこう熱くなっていたじゃないか」

たしかに、捜査会議では意地になっていたかもしれない。

「何だかんだ言いながら、おまえは風間の弁護に回った。あれも、相楽たちに対する対抗意識か?」

「そうじゃない。しゃべっているうちに、頭が整理されて、事実関係が見えてきた。風間がやったと考えるより、柴本が犯人と考えたほうが納得がいく。しかしな……」

私は、少しばかり気恥ずかしくなっていた。「たしかに、相楽たちに対抗心を燃やしたのは事実だ。子供じみた意地を張ったかもしれない。おまえが言ったとおりだ。私は大人になりきれない」

速水は、ふんと鼻で笑った。

「ハンチョウよ。刑事にとって、一番大切なのは何だ?」

私は考えた。

「質問したのが、おまえでなければ、こうこたえるだろう。法を守り、事実の確認をすること」

「質問したのは、俺だ」

「真実だ」

私はこたえた。「そして、正義だ」

速水はほほえんだ。

「ならば、真実を追求して、正義を行おうぜ」

「なあ……」

私は尋ねた。「私たちは大人になる必要はないのだろうか」

速水はまた笑いを浮かべた。

「必要ない」

私はうなずいた。

11

一晩中、柴本の足取りを追ったが、結局発見できなかった。速水も私も疲れ果て、口数が少なくなっていた。

「凶器の線で、動きがあった」

携帯電話に、池谷管理官からかかってきたのは、翌日の朝十時過ぎのことだった。

「町田のDIY店のナイフ売り場で、柴本耕一の写真を見せたところ、確認が取れた。たしかに、柴本耕一が、凶器と同一のナイフを購入したそうだ」

その知らせは、徹夜明けのくたびれ果てた体と頭脳に新たな活力を与えてくれた。

私は、つとめて冷静な声で言った。

「了解しました」

「事情が変わった。捜査本部は、柴本耕一の発見に全力を挙げることにする。これから、各班に指示するところだ」

「柴本耕一が容疑者と考えていいんですね?」

「凶器、動機、目撃証言、これだけそろえば、逮捕状が取れる」

「柴本は、車両に乗って移動している可能性があります」

「その点も考慮してある。風間の車両を捜索したときと、同様の態勢を組むことにした。移動局をこれから言うチャンネルに合わせてくれ」

池谷管理官の声には、これまでにない張りが感じられる。今度こそ、本当に捜査の山場に来たという実感があるのだろう。

「風間はどうなりますか？」

「道交法の取り調べに切り替えるよ。スピード違反、信号無視、路上における危険行為……。罪状は山ほどある。すぐに、送検して、あとは家裁にまかせることにするよ」

「わかりました」

私は電話を切ると、池谷管理官からの知らせを速水に伝えた。

速水は、前を見たまま不敵な笑みを浮かべた。

「だから、最初から俺の言うとおりにしておけばいいんだ」

私はあきれて尋ねた。

「その自信はどこから来るのだろうな」

「もちろん」

速水は言った。「天下の交機隊だからだ」

無線からは、通信指令センターを通じてさまざまな指令が流れてくる。相変わらず、緊迫感のないゆっくりした口調だ。

「まだ、めぼしい情報はなさそうだな」

私は、疲れてかすむ眼で窓の景色を眺めながら、速水に言った。

「そう簡単に見つかるもんじゃないだろう」

「ガンメタのゼットを発見したら、また、カーチェイスをやるのか?」

「なんだ、ハンチョウ。期待しているのか?」

「まさか……」

だが、本当のことを言うと、少しだけ期待していた。スピードとスリルはたしかに癖になる。

「今度、マル走の取り締まりをやるとき、特別に助手席に乗せてやってもいい」

「遠慮するよ。血圧が上がりそうだ」

時計を見ると、四時半を過ぎている。捜査本部は五時上がりの予定だ。捜査本部は、態勢を立て直している。私はいったん、戻ることにした。

東京湾臨海署の捜査本部に戻ると、すぐに池谷管理官に呼ばれた。

「風間だがね……」

「どうしました。交通違反で送検したんじゃないんですか?」

「あんたらが戻るまで、ここにいたいというんだ」

「風間が……?」

「会ってやってくれ」

風間が私と速水を待っていた……。何か言うことがあるのだろうか。私は妙に落ち着かない気分になった。

私が速水にそのことを話すと、速水は、そっけなく言った。

「会ってみようじゃないか」

取調室に風間を連れてくるように言って、私と速水は待ち受けた。

やがて、制服を着た警官が風間を連れてきた。色白で細面《ほそおもて》。涼しい眼で、こちらを見つめている。その表情には、いつものようにかすかな笑みが浮かんでいる。憔悴の色はまったくない。

「私たちを待っていたそうじゃないか」

私が言うと、風間はかすかにうなずいた。

「そこに掛けてくれ」

私はいつもの場所に風間を座らせた。正面に私が座り、その脇に速水がひかえている。

取り調べをしたときと、同じ位置だった。

「どういう立場になったか、説明は受けたか？」

私が尋ねると、風間はまた無言でうなずいた。

「何か私たちに話があるのか？」

風間は、かすかに肩をすくめ、言った。

「別に話はない」

「なら、どうして、私たちを待っていた？」

「もう一度、顔を見ておきたかった」

風間はそう言うと、まっすぐに私を見た。私は、ますます落ち着かない気分になった。こちらの心の中を見透かそうとしているような眼差しだった。

速水は何も言わない。

私は、何か言わなければならないと思った。しかし、何を言っていいのかわからない。

やがて、私は言わなければならないことを思い出した。

「誰か、君に謝罪をしたか？」

「謝罪？」

「君には、殺人の容疑がかかっていた。そのための取り調べを受けることになった。その点については、私たちの落ち度だ」

「警官がそういうことを言うとは驚いたな」

そう。たしかにそうかもしれない。普通、警察官は、こういう場合、謝罪はしない。

しかし、私は謝っておきたかった。彼を疑ったことに対して、引け目を感じている。そして、その疑いはおそらく偏見から来ていた。

「まだ、誰も謝っていないのだとしたら、私が謝る。すまなかった」

風間は面白そうに笑った。

「何がおかしい？」

「あんたも、隣の速水さんと同様、フェアな人だと思ってね。それで、よく警官が勤まるね」

「そういう警察官もいるんだ」

本当は、そういう大人もいると言いたかったのかもしれない。

風間はうなずいて、立ち上がった。

話は終わったのだ。やはり、風間が会話の主導権を握っているような気がした。私は、記録席に控えていた制服警官に眼でうなずきかけて、風間を連れて行くように言った。

私と速水は座ったままだった。

ふと、風間が戸口で立ち止まった。ゆっくり振り返ると、彼は言った。

「会えてよかったよ」

おそらく、これは感謝の言葉なのだろう。生意気な口をきく少年だ。しかし、私は腹立たしくは思わなかった。むしろ、感動していたと言っていい。

速水が言った。

「今回は、真実がおまえの側にあった。だから味方した。だが、今度会うときは、容赦しないからそう思え」

風間は、またほほえんだ。そのほほえみには、嘲《あざけ》るような感じはなく、さわやかにさえ感じられた。

風間は再び背を向けると、制服の警察官に伴われて、戸口の向こうに消えた。

私と速水は、しばらく無言のまま座っていた。

捜査本部に戻ると、佐治が私を見てすぐに眼をそらした。気まずい雰囲気だが、私には掛ける言葉はない。

それから、五分ほどして、相楽が須田とともに戻ってきた。須田は、まるで黒木と刑事課に戻ってくるときのように、あれこれと相楽に話しかけている。

いつの間にか、すっかり自分のペースに持ち込んだようだ。須田の計り知れなさは、こういうところにも現れる。相楽はすっかり、須田のおしゃべりに閉口しているようだ。

相楽と私の眼が合った。

彼は一度眼をそらしたが、もう一度こちらを見ると近づいてきた。

「あんたの言い分が正しかったようだ」

「もとはといえば、あんたのおかげだ」

私は言った。半分は懐柔策だが、半分は本気だった。「あんたが、聞き込みの内容をすべて書類にしてくれたから、気づいたことだ」

「まいったよ」

相楽の口調は、皮肉に満ちているようだ。「あんた、ツイてたんだ。瓢箪《ひょうたん》から駒ってのは、こういうことを言うんだろうな」

その憎まれ口も、負け惜しみと思えば腹も立たない。

「今度はあんたが、手柄を立てればいい。柴本を見つけて、身柄を確保してくるんだな」

「もちろん、そのつもりだ」

相楽は、私のもとを離れて佐治に近づいていった。二人は、また何事か相談を始めたが、やはり、内緒話をしているように見えてしまう。

須田がにやにやしているので、私は思わず尋ねた。

「何がおかしいんだ?」

「いえね、チョウさん。相楽さん、精一杯強がっていますがね、あれでけっこう落ち込んでるんですよ。どうして、俺の読みはいつも外れるんだろうって、ぼやいてました」

「ああ、落ち込んでいるのは、見ればわかる」

「汚名を返上しようと、必死なんですよ。聞き込みの時なんか、一言も聞き漏らすまいと食い入るように相手を見つめているんです」

「ようやく、現場の仕事を一つ覚えたってことだ。ところで、聞き込みの結果をすべて報告書にするっていうのは、まだ続けているのか?」

「ええ」

「まだ、おまえが一人でやらされているのか?」

「いえ。半分、相楽さんがやってますよ」

見た目ほど悪いやつではないということだ。

夕方の捜査会議が始まった。

地取り、鑑取りともに、新たな視点から聞き込みをやり直した結果、さまざまなことがわかりはじめた。

まず、地取り捜査では、ガンメタリックのフェアレディーZを見たという人間が、数人見つかった。だが、それは、現場から逃走した場面を見たのではなく、犯行現場の近くに駐車しているところを目撃したという証言だった。

以前の聞き込みの時には、現場から走り去った車について質問して回ったのだ。だから、ガンメタリックのフェアレディーZのことは誰も言いださなかったのだ。

これで、当夜、柴本が現場にいたことが明らかになった。ガンメタリックのフェアレディーZは柴本の車だと、西野康彦と梶典之が供述している。

逃走した車両の目撃者を探したとき、どうして、ガンメタリックのフェアレディーZを見たという人が少なく、大半の目撃者が黒のスカイラインGT－Rを見たと供述したのか。その理由も、ある程度わかった。

当夜、フェアレディーZとスカイラインGT－Rは、対向車線上に駐車していたらしい。つまり、互いに逆向きに停まっていたのだ。

おそらく、柴本は東京方面から台場に入ったので、東側を向いて停まっていた。逆に千葉方面から来た風間は、西向きに駐車していた。

風間が言ったとおり、フェアレディーZを追って行ったのだとすると、スカイラインG

T—Rは方向転換をしなければならなかった。

そこで、風間は派手なアクセルターンを披露した。風間にとってはそれが最も効率的な方法だったのだろう。

だが、そのときの派手な音で、周辺にいた人々は何事かと注目した。その結果、黒のスカイラインGT—Rだけが人々の印象に残ったのだ。

鑑取り班も、有力な情報を持ち帰っていた。ブラックシャークや紅巾団のメンバーに再度聞き込みを行った結果、吉岡和宏が、柴本耕一の彼女に手を出したというのは事実らしかった。

しかも、策を弄《ろう》して呼び出し、強引に関係を結んだということだ。つまりは、強姦だが、被害者が訴え出なかったので、事件にはならなかった。強姦罪は親告罪だ。被害者が訴えない限り、罪には問われない。

柴本は激怒した。吉岡を殺してやると、周囲の人間に触れ回っていたそうだ。

紅巾団のメンバーもその言葉を本気とは思っていなかったようだが、どうやら、柴本は本気だったようだ。

乱闘が起こったのを好機と見て、吉岡を殺害したのだろう。村雨が言ったとおり、やはり殺人事件の動機というのは、男女間の諍いなどの、近しい人間関係のもつれが多いのだ。

情報が集まるにつれ、柴本耕一の容疑は確実なものになっていった。捜査というのは、正しい方向に進めば面白いように手がかりや証拠が見つかる。

問題は、柴本をどうやって見つけるかということにしぼられてきた。いずれ、風間のスカイラインGT－Rを発見したときのように、東京周辺に張り巡らされた捜索網が、功を奏するだろう。

「俺の出番はもうないかもしれんな」

速水が小声で言った。

「どういうことだ？」

私は尋ねた。

「風間以外なら、うちの若い者《もん》で充分に対処できる」

「部下に自信を持っているんだな。聞くところによると、おまえの小隊は、速水軍団とかいうそうじゃないか」

速水は、ゆっくりと笑みを浮かべた。

「おまえが、強行犯係の部下を信頼しているのと同じことだよ」

いつもより、捜査会議が長引いた。池谷管理官を中心に、綿密に打ち合わせが行われたからだ。

捜査員たちは、捕り物が近いことを肌で感じ取っている。おそらく、今夜あたり、かなりの人数が捜査本部に泊まり込むだろう。そして、深夜まで外で聞き込みに回る捜査員から頻繁に電話が入るようになる。

捜査本部も大詰めを迎えつつある。

帳場が立った当初は、この部屋もまだ無機質な感じがしていた。今は、独特の臭いが充満している。

捜査員たちの汗の臭い。

煙草の臭い。

そして、独特のアドレナリンの臭い。

まるで、体育会系の部室のような臭いだ。だが、これが警察の臭いだ。私は、その中にいると、気分が落ち着く。自分が居るべき場所にいるという感じだ。

そして、睡眠不足と疲労感が、私に充実感を与えていた。

12

交機隊と警視庁各警察署の交通課の協力を得て、ガンメタリックのフェアレディーZの捜索網が機能し始めていた。

日に何度も、マル対発見の知らせが入ったが、どれも外れだった。車検証を確認し、持ち主と柴本耕一の関係を洗うのだが、いずれも関わりはなかった。

だが、捜査本部に焦燥の色はない。確実に捜査の網はしぼられているという実感が、捜査員個々人にあるのだ。

そして、木曜日の午後、ついに対象の車が発見されたという知らせが捜査本部に入った。私は、その情報をスープラ・パトカーの中で聞いた。

そのガンメタリックのフェアレディーZを発見したのは、交機隊でも所轄の交通課でもなかった。

三鷹署の地域課の巡査が、住宅街の路地に駐車しているのを発見したのだ。細い道に停めてあり、明らかに迷惑駐車なので、署の交通課を呼ぼうとしたところ、ふと朝の伝達事項を思い出したのだった。

三鷹駅から北へ十分ほどの場所だった。三鷹署の鑑識と、捜査本部の鑑識、つまり東京湾臨海署の石倉をチーフとする鑑識係が現場に急行し、車を確保した。

現場で周辺の状況を記録した後に、フェアレディーZは、東京湾臨海署に運ばれてきた。

車検証の名義は、柴本耕一の父親になっていた。

車内でルミノール反応が出たという報告が捜査本部に入ったのは、夕刻だった。さらに、検出された血液は、被害者のものと一致した。ABOの血液型だけでなく、免疫学的な型も一致したという。車内で被害者のものと見られる血液が検出されたという事実は、柴本の容疑を動かしがたいものにした。

ナイフで吉岡和宏を刺した際に、返り血を浴びたのだろう。それが、車のシートに付着したのだ。

見た目ではわからないほど微量の血液でも、ルミノール反応は確実に出る。

「三鷹署および、近隣の所轄にも応援を頼もう」

夕方の捜査会議で、池谷管理官が言った。「車両が発見された場所を中心に、聞き込みを行う。柴本耕一は、その近辺に潜伏している可能性が高いからな」

私はそっと隣の速水の横顔をうかがった。

速水は、すでにすっかり退屈しているようだ。腕を組んで、今にも居眠りを始めそうだった。さすがに疲れ果てているに違いない。

私も、いつどれくらい眠ったか覚えていなかった。体はぼろぼろに疲れているのだが、捜査が佳境に入ったという高揚感でなんとかもちこたえていた。

「すでに、蚊帳《かや》の外といった気分か？」

　私は速水にそっと尋ねた。

　速水は意外そうな顔をした。

「何だって？」

「もう出番がないと踏んで、部外者を決め込むつもりじゃないのか？」

「心外だな、ハンチョウ。俺は、あくまで捜査本部の一員だぞ」

「おまえの顔つきが、その言葉は嘘だと語っている」

　速水はにっと笑った。

「ハンチョウ、そいつは誤解だよ」

「そうかな……」

「おまえ、カーチェイスがけっこう楽しかっただろう？」

「まあ、そうだな」

「同じことだ。俺も捜査本部をまんざらじゃないと思ってるんだ」

　どこまで真に受けていいかわからない。付き合いは長いが、いまだに、私は速水の真意を測りかねることが多い。

「捕り物のときは、もっと興奮する。請け合うよ」

　速水は、私のほうを見ずに、ふんと鼻で笑った。

「そいつは楽しみじゃないか」

捜査員たちは、捜索令状を手に、紅巾団のメンバーの自宅を片っ端からガサイレしていた。にもかかわらず、柴本は見つからない。すでに、都内にいないのではないかという見方もあった。

「何か、見落としていることはないか？」

池谷管理官が、金曜日の朝の会議で言った。

いつも、髪型や服装をきちんと整えている管理官も、背広を脱ぎ、ネクタイをゆるめていた。

捜査員たちは、いずれも眼を赤くしている。誰もが、肉体は疲れ果てているはずだ。しかし、その表情はいきいきとしている。

精神的に高揚しているのだ。

この雰囲気は、経験した者にしかわからない。おそらく、部外者がこういう状態の捜査本部で交わされる会話を聞いたら、何がなんだかわからないに違いない。

まどろっこしい説明など不要になってくる。単語と単語が飛び交い、それだけで、皆は内容を理解するようになる。そして、その単語も、符丁が多い。

その弾けるような、短い符丁のやり取りが、捜査員たちに独特の共感を与え、気分を高揚させるのだ。

この場にいると、すべてを忘れてしまう。そして、私は家庭を忘れた。私が、気づいたときには、妻は別の世界を見つけようとしていた。

結局、私たちは離婚という方法を選ぶしかなかった。妻は精神的に追いつめられており、私は、刑事という仕事に夢中だった。

私がまだ部長刑事だった時代の話だ。

「交友関係はほとんど当たったんですがね……」

すぐ近くに座っている捜査員が言い、私はその声で現実に引き戻された。

そうだ。昔のことなど、考えている場合ではない……。

「車が三鷹に乗り捨ててあったんだ」

管理官が言った。「あの近くにいるんじゃないのか。三鷹付近に、潜伏できそうなところはないのか?」

その問いにこたえたのは、相楽だった。

「柴本耕一の自宅は、吉祥寺北町二丁目にあります。自宅近辺や、車が乗り捨ててあった場所を中心に、考えられるところはすべて捜索しました」

「だが、見つかっていない」

池田管理官は、相楽を睨み付けるように言った。普段は柔和《にゅうわ》な管理官だが、刑事らしい厳しさが顔を覗かせている。おそらく、これが本性なのではないかと私は思った。

でなければ、出世などできない。

「車を乗り捨てた後、三鷹駅からＪＲ線で、どこかに逃走したのかもしれませんね」

相楽の言葉に、管理官はさらに厳しい口調で言った。

「そのどこかというのは、どこなんだ。それを調べるのが捜査員の仕事だろう」

相楽は、口をつぐんでしまった。

型どおりの仕事、決められたとおりの手続きが通用しなくなってきて、相楽は慌てているようだ。

佐治係長が、相楽を助けるように言った。

「どこへ行こうと同じことですよ。全国に手配されていますからね。本人も、新聞を読めばわかるはずです」

すでに、殺人事件の犯人を特定して手配していることは、新聞等で報道されている。柴本耕一は、未成年なので、実名は発表されていないが、記事を読めば自分のことだとわかるはずだ。

佐治の言葉は、ますます池谷管理官を苛立たせたようだった。

「どこかの誰かが見つけるまで、こうやって手をこまねいて待っているというのか？」

「そうじゃありませんが……」

佐治係長は、鼻白んだ表情で言った。「できるだけのことはやってるんです。あとは成り行きを待つしかないんじゃないですか？」

池谷管理官は、はやる気持ちを抑えようとするかのように、大きく息をついた。やや、声の調子を落とすと、管理官は言った。

「女の線はどうなんだ？　被害者にレイプされたという恋人がいたんだろう？」

戸倉が言った。

「そりゃ、真っ先に調べましたよ」

「それで？」

「その少女は、まだ高校生で、両親と自宅に住んでます。もちろん、その家を捜索しましたよ。でも、柴本耕一はいませんでした。少女もその両親も、柴本の行方には心当たりはないと言っていました」

「まだ付き合っているのか？」

「吉岡にレイプされたことが原因で、別れたようですね。その後、柴本からの連絡はないと言っていました」

「その少女はどこに住んでいる？」

「武蔵野市境南町《きょうなんちょう》です。武蔵境駅から七、八分のところです」

「柴本の自宅からも、自動車が乗り捨てられていた場所からも、それほど遠くないな……」

「紅巾団のメンバーもだいたいそのあたりに住んでいますね。もともとは、多摩地区を中心に走り回っていたマル走だということですから……」

戸倉がそう言うと、池谷管理官は、思い出したように速水を見た。マル走という言葉からの連想だろう。

管理官は、速水に尋ねた。

「何かわからんかね？」

「何か……？」

「君はマル走に詳しいんだろう？　彼らの行動パターンから何か手がかりがないかと思って訊いているんだ」

速水は、そっけなく言った。

「ガキどもが、集団になったとき、どんなことをするかは、だいたい予想がつきますよ。でも、柴本がどう行動するかなんて、わかりませんね」

「君がもし、マル走だとして、追いつめられたときに、立ち寄りそうな場所はどこだ？」

速水はにっと笑った。

「俺は、マル走じゃありません」

「わかっている。専門家としての意見を聞きたいんだ」

「わかりませんね。予想がつきません」

池谷管理官は、落胆の小さな溜め息をついた。

「ただね……」

速水は言った。「マル走がどうのというのではなく、一般的な話ですがね、その別れた彼女ってのは、見張っていたほうがいいでしょうね」

「なぜだ？　すでに別れているんだ」

「別れたくて別れたんじゃない場合がありますよ。よりを戻すチャンスをうかがっていたかもしれない。そういうことは、ままあるでしょう」

私は、なんだか速水が私の話をしているような気がして、落ち着かなかった。

「そして、一人で逃走しているような場合、まず頼りたくなるのは付き合っていた異性なんじゃないですか？　それに、異性がいっしょだと、便利なことがある。ラブホテルに泊まるのに都合がいい」

池谷管理官の眼が急にいきいきと輝きはじめた。

「その線はあるな……。手配はどうなっている？」

戸倉が、自慢げに言った。

「抜かりありませんや。交替で捜査員を彼女の家に張り付かせています」

池谷管理官は、勢いを失って言った。

「そうか。今のところ、動きがないということだな……」

「それと、もう一つ……」

速水が言った。池谷管理官は、速水に視線を戻した。

「何だね？」

「マル走にとっては、車は何より大切なんですよ」

管理官は、眉間に皺を刻んで速水を見つめた。

「……それは、どういう意味だ？」

須田が、大きな声で言った。

「そうか。餌をまくんですね？」

捜査員一同に注目され、須田は急に小さくなって、申し訳なさそうに周囲を見回した。

池谷管理官が須田に尋ねた。

「餌をまくって、どういうことだ？」

須田は、一瞬、しどろもどろになったが、なんとか説明をはじめた。

「車ですよ。ガンメタリックのフェアレディーZです。今、臨海署に置いてあるじゃないですか。それをもとの場所に戻しておくんです。ホシはそれを取りに来るかもしれない」

今時、刑事はあまりホシなどとは言わない。やはり、須田は、テレビの刑事ドラマなどを研究しているにちがいない。

管理官は、速水に尋ねた。

「そういうことなのか？」

速水は肩をすくめた。

「そこまでは、考えていなかった。でも、須田のアイディアは悪くないと思いますがね……」

池谷管理官は、須田と速水の顔を交互に眺めていた。速水は腕を組み、堂々としているが、須田は皆の注目を集めたことで落ち着きをなくし、汗をかきはじめている。

「しかし……」

池谷管理官は言った。「柴本は、すでに車が持ち去られたことを知っているんじゃないのか？」

須田が言った。

「えーとですね。その可能性はなくはないですが、車を乗り捨ててからずっとどこかに潜伏していて、それを知らない可能性もあります。新聞や何かで、車が押収されたことを知っていたとしても、元の場所に戻っているのを見たら、近寄ってくるかもしれません。これまで、そういう例はいくらでもありました」

須田の言うとおりだ。犯罪者は、しばしば危険を承知で事件に関連する場所に姿を見せるものだ。犯人が必ず犯行現場に現れるというのは、刑事にとっては常識となっている。おそらく、何かを確かめたいという衝動を抑えきれないのだろう。

私は、須田に助け船を出すことにした。

「ちょっとした賭けですが、賭けてみる価値はあると思います」

「賭けかね……」

池谷管理官が、渋い顔をした。

「やれることは、何でもやってみるべきです。速水の意見は、無視できないと思いますが……」

管理官は思案顔でうなずいていた。頭の中で証拠品を持ち出す段取りを組んでいるのかもしれない。

その時、相楽が言った。

「車を餌におびき寄せるというのは、現実味がないような気がしますね。私は、むしろ、別れた彼女を監視していたほうがいいと思います」

ここで反対意見が出るとは思わなかった。もしかしたら、須田のアイディアである点が気に入らないのかもしれない。

相楽はこの期《ご》に及んでも、私たち東京湾臨海署への対抗意識をむき出しにしようというのだろうか……。

私は言った。

「その両方の措置が必要なんです。別れた彼女を見張ることも必要だし、車をもとの場所に戻して、それを監視することも必要です」

相楽は、睨むように私を見た。だが、すぐにその視線に力がなくなった。彼は何か言おうとしたようだが、諦めたように口をつぐんでしまった。

池谷管理官が言った。

「よし。やってみよう。別れた彼女のほうも含めて、監視態勢を強化しよう。榊原さん。ローテーションを組んでください」

榊原課長は、うなずいた。おそらく、そうした事務仕事は、得意中の得意なはずだ。

朝の会議が終わり、捜査員たちはそれぞれの持ち場に出かけていった。

13

私と速水は、万が一柴本が車で逃走を図った場合にそなえて、パトカーで待機することになった。

パトカーは目立つので、どちらの監視現場にも近づけない。速水は首都高を流しながら無線を聞いていた。

「張り込みに付けないのは残念だな」

速水が言った。

「私も残念だ。おまえに、真夜中の張り込みをぜひ経験してほしかった」

速水は、この冗談に笑わなかった。

「ハコ番のときは、こんなにつらい仕事はないと思ったもんだが、警察ってのは、それぞれの部署で、独特の辛さが待ち受けている。刑事もたいへんだが、交機隊だってたいへんなんだ」

私と速水は、警察学校の初任課で同期だった。ハコ番、つまり交番勤務も同時期に経験している。

冬の夜勤はこたえた。

速水が言ったとおり、部署によってそれぞれ別の苦しみがあるのだ。体を張り、ときには命に関わることもある。それが警察だ。

「指令室より、各移動。『カラーギャング殺人事件』で手配中の被疑者を発見。場所は、三鷹市上連雀一丁目……」

指令室からの声は、その知らせを繰り返した。

私は、速水に言った。

「ガンメタのゼットを置いた場所だ」

「須田のアイディアが、的中したな」

「そういうことらしいな」

「サイレン、鳴らすぞ」「行こう」

「もちろんだ。目一杯、飛ばしてくれ」


速水は、ガンメタリックのフェアレディーZが停まっているそばに、乱暴に駐車した。細い路地に、斜めにパトカーが停まっている。傍若無人な駐車の仕方だ。速水は、それがパトカーの特権と思っているらしい。

現場は混乱していた。

私は、大声で指揮を取っている本庁の部長刑事の一人をつかまえて尋ねた。

「どうなってるんだ?」

「安積係長」

その部長刑事は、必要以上の大声で言った。「マル被が逃げました。こっちの監視に気づいたんです」

「どっちへ行った?」

彼は、細い路地を指さした。コンクリートの塀に挟まれた路地だった。

「あっちへ走っていきました。今、捜査員が手分けして追跡しています」

速水が、私の後ろで言った。

「この路地じゃ、パトカーは役に立たんな……」

「パトカーを表通りに回してくれ。追われているうちに、表通りに現れるかもしれない」

「おまえはどうするんだ?」

「とにかく、走ってみるよ」

私は、部長刑事が指さした路地を目指して走り出した。

路地に入ると、はるか前方に二人の捜査員の姿が見えた。そのうちの一人は須田だった。

私は、彼らのもとまで駆けていこうとした。だが、情けないことにすぐに息が切れてきた。

須田たちのもとに着いたときは、胸が痛み始めていた。

須田が、目を丸くして言った。

「チョウさん、だいじょうぶですか?」

私は、それくらいあえいでいた。

「柴本はどっちへ行った？」

「あっちです」

須田は、路地の曲がり角を指さした。「三人が追って行きました。俺たちは、別の道を行って、挟み撃ちにしようと思っていたところです」

「私もいっしょに行こう」

このあたりの地理には不案内だ。だが、道を知っていたところで、逃走する容疑者がどこに逃げるかはわかりはしない。とにかく、進んでみることにした。

まっすぐ進むと、T字路に突き当たった。

「どっちへ行きましょう？」

須田が尋ねた。訊かれても、わかるはずがない。

「おまえたちは、右へ行け。私は左に行く」

「わかりました」

須田はよたよたと駆けていった。

私は、息を切らしながら走った。

柴本は、どのあたりにいるのだろう。三人の捜査員が追っていると、須田が言っていた。その三人が、なんとか取り押さえてくれることを祈っていた。

ここまで来て、逃がしたくはない。

すぐに十字路に差し掛かった。その時、どこかで大声が聞こえた。柴本を追跡している捜査員の声だということが、すぐにわかった。私は、その声を頼りに、十字路をまっすぐ進んだ。

また声がした。次の角を右だ。私は、そう当たりをつけて走った。

前方の十字路を横切る一団の人々がいた。柴本と、彼を追跡している捜査員たちだ。

私は、ぜいぜいとあえぎながら走り続けた。若い頃は、どんなに走っても平気だった。犯罪者を追って走るのも、刑事の仕事だと思っていた。

だが、いつしか私の肉体は、年を取ってしまったようだ。普段の生活も影響している。運動不足なのだ。ジョギングでも始めたほうがいいかもしれない。

角を曲がると、三人の捜査員たちの背中が見えた。その先には、柴本がいるのだろう。まっすぐ行くと、大きな通りにぶつかる。たぶん、五日市街道だ。ぼちぼち、走るのも限界だ。

前の三人が、大通りを左に曲がった。私は、もつれそうになる足に苛立ち、胸の痛みをこらえ、ひたすら走った。気温は低いが、全身に汗をかいていた。

大通りを左に曲がった頃は、もう限界を通り越していた。柴本の若さが恨めしかった。

その時、派手なサイレンが聞こえた。私の脇の車道を、パトカーが走り抜けていった。特徴のある形をしたパトカー。スープラだ。

速水の乗るパトカーは、走っていく集団の前にある路地の入り口を曲がって停まった。ちょうど、行く手をふさぐ形になる。

先頭を走っていた柴本が、一瞬だが、たたらを踏んで立ち止まった。その一瞬で充分だった。三人の捜査員が、いっせいに飛びかかる。

柴本は、歩道の上に倒れ、三人の捜査員は折り重なるようにそれを押さえつけた。私は、ほっとして、走るのを止《や》め、歩いて彼らに近づいていった。

捜査員たちの興奮した声が聞こえてくる。

近づいて見ると、三人のうちの一人は相楽だった。

相楽は、必死に柴本にしがみつき、何事かわめいている。柴本は、手足をばたつかせて抵抗している。

相楽が、手錠を取り出した。それが手首に叩きつけられると、柴本はようやく観念したようにおとなしくなった。

私は、はあはあと息を切らしてその場に立っていた。

柴本を引き立てた相楽が、私に気づいた。興奮した面持《おもも》ちで、彼は私に言った。

「やったぞ。捕まえたぞ」

私は、うなずき、あえぎながら言った。

「ああ、お手柄だな……」

柴本は、覆面パトカーに乗せられ、東京湾臨海署に連行された。私は、スープラ・パトカーに乗り、その覆面車のすぐ後を走っていた。

柴本はすぐに取調室に連れて行かれ、相楽は、身柄確保の報告をしに捜査本部に行った。

その瞬間、待機していた捜査員たちの喝采が起こった。

これで、相楽の機嫌もよくなるだろう。

取り調べは、佐治と相楽が担当することになった。私は、捜査本部でぐったりとしていた。マラソンを終えた選手のような気分だ。

私は、速水に言った。

「おまえが、行く手を遮ってくれなければ、私は、ぶっ倒れていたに違いない」

速水は言った。

「ハンチョウも、俺といっしょにパトカーに乗っていればよかったんだ」

私は、かぶりを振った。

「刑事の本能なんだ。走らずにいられない」

「まったく、刑事ってのは、猟犬みたいな連中だ」

速水の言うとおりかもしれない。刑事は、くんくんと嗅ぎ回り、獲物を見つけると一目散に走り出す。

それから、約一時間後、柴本が落ちたという知らせが届いた。本部に詰めていた捜査員たちは、一様に安堵《あんど》の溜め息を洩らした。

いや、その溜め息は単に安堵だけを意味しているのではない。達成感も含まれている。長かった捜査のピリオドだ。

だが、刑事たちの仕事がこれで終わったわけではない。これから山のような書類を書かなければならない。

弁解録取書と供述調書は、柴本が自供した段階ですでに作成されているが、書類はそれだけではない。

検証調書、実況見聞調書、そして送致書。余罪があれば、その分をすべて書類にしなければならない。

刑事の仕事の半分は、書類作成だと言ってもいい。だが、捜査員たちの表情は明るい。とにかく、容疑者を逮捕したのだ。これで、この捜査本部も解散だ。今度はいつ会えるかわからない捜査員たち。私はいつも、達成感とともに、一抹の淋しさを感じる。

書類の作成は、夜半までかかったが、それでもすべての書類を書き終わったわけではない。検証調書や実況見聞調書は、被疑者を現場に連れて行って実況見聞をしないと書けない。それはまた後日のこととなる。

自供の内容は、捜査本部の推理とほぼ一致していた。

恋人を陵辱された柴本耕一は、吉岡和宏に対する殺意を募らせていた。殺害の機会をうかがっており、ブラックシャークの動向を見守っていたのだ。

梶典之が供述したとおり、柴本は風間智也のことを、快く思っていなかったが、それは今回の犯行とはほとんど関係なかった。

ブラックシャークと紅巾団の反目もあまり関係がない。直接の動機は、吉岡のレイプだった。だが、両者の反目が、吉岡のレイプの動機になったのかもしれず、そのあたりの事情は、少しばかり複雑だった。

事件当夜、ブラックシャークが台場に集まっているという情報を得た柴本は、仲間を伴って出かけた。

風間がやってくるという事実は知らなかったようだ。柴本にとっては、それはどうでもいいことだった。

とにかく、ブラックシャークともめ事を起こし、その機に乗じて吉岡和宏を殺害しようと考えていたのだ。そして、思惑通りに事は進んだ。

ゲームセンター内で始まった喧嘩は、やがて、外に拡散していった。吉岡は、喧嘩となると後先を忘れるタイプだったらしい。彼は、紅巾団の一人をしたたかに殴り、さらに外に追っていった。絶叫マシンのタワーの近くへ、走っていったのだ。そのあたりは暗かった。

絶好のチャンスだった。柴本は、吉岡の後を追った。喧嘩で血が熱くなっている柴本は、まったく躊躇しなかったという。

逃げまどう紅巾団の一人に対して、さらに追い打ちをかけようとしている吉岡の背後に近づいて、サバイバルナイフで刺した。

何度刺したかは覚えていない。

振り向いた吉岡をまた刺したかもしれない。柴本はそう供述している。

それから、柴本はすぐに自分の車に戻り、その場を離れようとした。しかし、なぜか風間の車が追ってくるのに気づいた。

彼は必死で逃げた。だが、風間に追いつかれるのは時間の問題だった。

その時、柴本は、風間のスカイラインGT－Rの後方に、パトカーの回転灯を見つけた。柴本は自分が追われているものと思った。

しかし、そうではなかった。柴本のフェアレディーZに追いついた風間のスカイラインGT－Rは、さらにスピードを上げ、追い抜いて行った。パトカーはその風間のスカイラインGT－Rを追って行った。

風間は、自分が追われていることに気づいて、途中で柴本を追うのをやめ、逃走したのだが、結果的には、柴本の車から警察の眼をそらさせる役割を果たしてしまったのだ。

恋人を陵辱されたという動機は、情状酌量の対象になるのだろうか？　私には判断できなかった。それを考えるのは裁判所の役割だ。おそらくは、あまり考慮されないだろう。日本の法律は復讐を認めていない。

「自宅に引き上げることにするよ」

私は、速水に言った。

「明日からは、また四交替制の勤務だ」

速水が言った。「もう、刑事の真似事はこりごりだぞ」

「明日からまた、風間のような連中と追っかけっこか？」

「ああ……」

速水は言った。「だが、もう黒い亡霊は現れないような気がする」

「なぜだ？」

速水は、しばらく黙っていたが、やがて言った。

「さあな。ただそんな気がするだけだ」

14

実況見聞も終え、すべての書類がそろった。柴本耕一は送検され、検察はすぐに彼を家庭裁判所に送るはずだ。

刑事の仕事はすべて終わり、捜査本部は解散された。

私たち強行犯係も、速水も、通常の勤務に戻った。強行犯係の四人のメンバーは、それぞれ抱えている案件のために、今日も管内を歩き回っている。

私は、捜査本部に詰めている間、棚上げになっていた、さまざまな手続きや書類に忙殺されていた。これが、刑事の日常だ。

私にとって、今回の事件は奇妙なものだった。捜査そのものは、別段変わったものではない。途中から容疑者が変わるというのも、珍しいことではない。

奇妙なのは、容疑者の柴本耕一よりも、風間智也のほうが、強く印象に残っているという点だ。

生まれて初めて、高速道路のカーチェイスや、峠のバトルを経験した。それが大きく影響しているのかもしれないが、ただそれだけではないような気がした。

初めて彼を見た時の印象が、鮮烈に私の胸に残っている。筑波スカイラインの待避帯で見た風間智也。そのときの、美しい夕日の風景とともにその黒ずくめの姿が、くっきりと脳裏に焼き付いている。

そして、取調室の風間も私に特別な印象を与えた。

あの独特の眼は忘れられない。世間から見れば、単なる暴走族の一人でしかないのかもしれない。高速道路や、峠で危険な運転を繰り返す彼らは、迷惑な存在でしかない。

しかし、風間は、走ることに命を懸けていると言っていた。そして、その言葉は、掛値なしに本当だった。

一瞬の判断ミス、コントロール・ミスが、即、死に繋がる。そんなことを、彼は続けているのだ。たしかに、取調室で見た彼は、死と隣り合わせにいる者が持つ、独特の雰囲気を持っていた。

たかが十九歳の少年が、速水を向こうに回して一歩も引けを取らず、私をたじたじとさせた。その理由は、本気で命を懸けているという点にあったのかもしれない。

社会的に見れば、風間のやっていることは、まったく意味がない。暴走行為に命を懸けるというのは、一般的には認められることではなく、愚の骨頂と言っていい。

しかし、それをできる者が何人いるだろう。風間の態度は、強がりでも虚勢でもなかった。死を見つめている、静かな覚悟のようなものを感じさせた。

本物の迫力だった。私はそれに圧倒されたのだ。

彼に比べれば、事件に関わった『カラーギャング』のメンバーたちは、ごく当たり前の少年たちでしかない。

恵まれた環境に育ったのだが、それを自覚していない。苛立ちをすべて他人のせいにし、社会に反抗することで、憂さを晴らそうとしている。

それは、甘えでしかない。現代の不良少年は、すべてに甘えている。そして、彼らを甘やかしたのは、私を含めた大人たちだ。

風間に、甘えは感じられない。

彼は自分のルールを持っており、それを守ることに誇りを持っている。暴走行為というのは、つまらないことだが、自分のルールに従っているという点は、認めなければならないと思った。

速水は、どう思っているのだろう。

私は、当初、速水が風間のことを気に入っているのではないかと考えていた。だが、それが誤解だったことに気づいた。

速水は、決して暴走行為を認めるようなことはしない。ただ、風間のことをよく知っていただけだ。

風間は後ろから刺すようなやつじゃない。

彼のこの言葉は、それを端的に物語っている。それは、速水の思い込みではなく、事実そのものだったのだ。

風間と速水は、また高速道路上で出会うことがあるのだろうか？　もし、出会ったら、容赦しないと速水は言っていた。その言葉どおりなのだろう。

それは、単なる職業意識とは思えない。速水は、風間の暴走行為だけでなく、才能や能力を無駄遣いしていることが許せないのかもしれない。

いや、これも私の速水に対する思い込みか……。


外から戻ってきた須田が、ノートパソコンに向かい、せっせと仕事を始めた。

黒木が脇からその様子を眺め、何か言いたそうにしている。私はその様子が気になって、声を掛けた。

「黒木、何を珍しそうに見ているんだ?」

黒木は、顔を上げ、言った。

「須田チョウが、聞き込みの内容を簡単に書類にするソフトを作ったんだそうです」

私は驚いて須田を見た。

須田は、照れたように私を見て言った。

「ソフトを作ったとか、そういうおおげさなことじゃないんです。データベースソフトを使いましてね、日時や、定型の書式や決まり文句なんかをあらかじめ登録しておいただけです。これなら、固有名詞なんかを入れるだけで、簡単な報告書ができてしまいます。作業を効率化しただけですよ」

やはり、須田は転んでもただでは起きない。相楽との仕事で、聞き込みの内容を書類にする必要性を感じたのだろう。

必要性と時間のロス。その問題点を、彼なりに解決しようとしたのだ。そして、彼は結果を出した。

相楽のようなタイプは、警察には必要だ。だが、彼のような刑事だけでは、警察はもたない。

須田は、やはり貴重な人材なのだ。

村雨と桜井が、外回りから戻ってきて、黒木から須田のソフトの話を聞き、須田のパソコンを覗き込んだ。

「へえ、こりゃ、便利かもしれない」

村雨が言った。「私にも何とかなるかな……」

「だいじょうぶだよ」

須田が言った。「課のパソコンに、雛型を入れておくから、使うといいよ」

「パソコンとか、苦手なんだがな……」

村雨が言った。「どうやらそういうことを言っていられない世の中になったようだな」

村雨という男も、わが東京湾臨海署の刑事課強行犯係にはなくてはならない刑事だ。どちらかというと、古いタイプだが、それだけに、本来の警察のやり方を心得ている。

この連中がいる限り、本庁の相楽たちにも負けることはない。私は、密かにそんなことを考えていた。

退庁時間が過ぎ、そろそろ帰り支度を始めようかと思っているところに、速水が現れた。すでに、私服に着替えている。黒い革のジャンパーにジーパンという姿だ。

速水は私と同じ年なのに、いまだにこういう恰好が様になる。私といえば、いつもくたびれた背広姿だ。

「ハンチョウ、たまには帰りに一杯やっていかないか?」

これは珍しい誘いだ。

速水は、滅多に私たちとは飲みに行かない。四交替制で、私たち刑事とは時間が合わないせいもあるが、人付き合いに冷淡なところがある。自分の時間を大切にするということなのかもしれない。

「今日は日勤なのか?」

「第一当番だ。明日は夜勤だから、朝まで飲んでも平気だ」

「勘弁してくれ。こっちはそういうわけにはいかない」

「本気にしないでくれ。俺だって、おまえと飲み明かす気などないよ」

とにかく、いっしょに署を出ることにした。外は、見事な夕映えだった。東京湾臨海署を出て、左手に行くとすぐに船の科学館がある。その向こう側にある林の上に夕日が沈もうとしていた。

高層ホテルの窓ガラスが、その夕日を反射している。

そのきらめきの向こうには、海を挟んで東京の町並みが見える。建ち並ぶビルも夕日に染まっている。

そして、西の空は、黄色から赤、そして紫から紺色へと、幾層もの色が重なり合っていた。

私は、筑波山を思い出していた。

あの日も、見事な夕焼けだった。

私と速水は、船の科学館の前にある、『ゆりかもめ』の駅に向かおうと歩きだした。

不意に、速水が足を止めた。

私は、何事かと速水の顔を見て、それから彼の視線の先に眼をやった。

高層ホテルに反射する夕日を背景に、ほっそりとした影が立っている。

その影の脇の車道には、黒い車が停まっていた。

黒のスカイラインGT－Rだった。

速水は立ち止まったまま、歩道に立つ風間智也を見つめている。私も同様だった。

その光景は、筑波山で見たのと同じく、どこか神秘的な感じがした。

やがて、風間智也がゆっくりと私たちのほうに近づいてきた。やはり、黒いシャツに黒いジーパンをはいていた。黒は、彼のトレードマークなのだ。

風間は、私たちから二メートルほどのところまで近づいて立ち止まった。

かすかな笑みを浮かべている。

速水が言った。

「何か用か? まさか、交通違反でつかまったことに対する、お礼参りじゃないだろうな?」

風間は、速水を見て、それから私を見た。その眼差しは、やはり落ち着いている。静かで力強い眼差しだ。

「思ったより、処分が軽くて驚いたよ」

風間が言うと、速水は言った。

「摘発されたのが、初めてだからな。だが、二回目からはそうはいかんぞ」

風間は笑みを絶やさない。

「もう摘発されることはないと思うよ」

「ほう……」

速水は言った。「自信があるんだな。だが、スープラ・パトカー隊を甘く見るなよ」

「甘く見ちゃいない」

風間が言う。「あんたには、敬意を表しているよ、だから言ってるんだ」

「どういう意味だ?」

「走り屋は、卒業だ」

速水は、その言葉の意味を嚙みしめるように、しばらく無言だった。

「黒い亡霊は、もう出ないということか?」

速水が言うと、風間は肩をすくめて見せた。

「そう。もう、命懸けで飛ばすこともないだろう」

「どういう心境の変化なんだ?」

風間は、言葉を探しているようだ。やがて、彼は言った。

「急に冷めちゃってね……」

「冷めた……?」

「そう。なんだか、もう熱くなれない。筑波山で、一度あんたに抜かれた。その時から、冷めちゃったんだ」

あの命懸けのバトル。

私には、すさまじい体験だったが、風間にとっても大きな意味があったということだろうか。

「ばかな真似をするやつが、世の中から減るのはいいことだがな……。本当に足を洗えるかどうか、疑問だな」

「僕は気が向いたときだけ、スピードを楽しむ。だけど、あんたは違う。体調が悪いときも、気分が乗らないときも、飛ばしているやつを見つけたら、命を懸けて追っかけるんだろう?」

「仕事だからな」

「その差を考えて、かなわないと思ったんだ。かなわないと思った瞬間から、もうやる気は、今年いっぱいだったからね」

「どうせ、好きなことをやるのは、今年いっぱいと決めていたんだ。親からもらった時間
がなくなった」

「何事も経験だな。そうやって、人間は少しずつ利口になっていくんだ」

「捕まったから、びびってんじゃないのか?」

速水がからかうように言うと、風間は素直にうなずいた。

「それもあるかもね。警察に捕まるというのは、思った以上にしんどいことだ」

「ほう……。おまえのようなやつが、親の言うことを素直にきくとは驚きだな……」

「きくさ。自分の将来のためだからね」

「好きなことをやるのは、今年いっぱいと言ったな? 来年からはどうするつもりだ?」

「関係ないでしょう? どうして、そんなこと、訊くのさ?」

「興味があるからな。マル走を卒業したやつが、どんな生活を送るのか……。そういうデ
ータを集めておくことも、俺の仕事には必要なんだ」

「予備校に行くんだよ」

「予備校……?」

「そう。医大に入り、将来は医者になる」

私は、その言葉に驚いていた。別に医者を志すことが、特別なこととは思わない。しか
し、暴走族と医者という組み合わせが意外だったのだ。

速水が言った。

「冗談を言っているのか？」

「冗談ならいいんだけどね」

「本当に予備校に入って、受験勉強をするというのか？　車に乗って遊んでいる場合じゃないってことだ」

「そういうことになるね。もう、車に乗って遊んでいる場合じゃないってことだ」

速水は、しばらく複雑な表情で、風間を見つめていた。

「そのことを言うために、わざわざここへやってきたのか？」

「まあね」

風間は、私を見た。私は、またしても落ち着かない気持ちになった。風間という少年は、常に私の想像の上を行くような気がした。

私は、何か言ってやるべきだと思った。

「勉強、がんばってくれ」

結局、言えたのは、そんなつまらない一言だった。

風間はほほえんだ。ありきたりのことしか言えない私をばかにしているのだろうか？

ふとそんなことを思ったが、どうやらそうではなさそうだった。

「まあ、やってみるよ」

風間は言った。それは、感謝の言葉だったのかもしれない。

風間は、もう一度速水を見ると、くるりと背を向けた。ゆっくりと歩き去り、スカイラインGT—Rに乗り込んだ。

ドアの閉まる音がする。やがて、エンジンの咆吼《ほうこう》が聞こえた。

風間は、もう走り屋は卒業したという言葉を証明するように、ゆっくりと縁石を離れ、静かに加速していった。

黒いスカイラインGT—Rが、角を曲がって見えなくなるまで、私たちは歩道に立ち尽くしていた。

速水が何事もなかったように言った。

「さて、ハンチョウ、どこで飲もうか？」

私たちは、『ゆりかもめ』の駅を目指してあるきだした。

「風間が、走り屋をやめる」

私は尋ねた。「どんな気分だ？」

速水はこたえた。

「別に……。世の中から、ばかなマル走が一人減った。それだけのことだ」

速水が本気でそう言ったのかどうか、私にはわからなかった。おそらく、本気なのだろう。それが、速水のたくましさだ。

その夜、私と速水は、新橋の焼き鳥屋で、静かに飲み、そして静かに帰った。

私は、相変わらず日常業務に追われていた。強行犯係は、常にいくつかの案件を抱え、捜査員たちは、忙しく歩き回っている。

にもかかわらず、私は、どうしても気になって、風間智也に関する資料を引っ張り出して、見直していた。もう必要のない資料だ。だが、調べておきたかった。

風間は千葉市内にアパートを借りて一人暮らしをしていた。しかし、両親も千葉市内に住んでいるはずだった。

私は、これまで気にしなかった両親の記録を見た。父親は、千葉市内で医院を開業しているとあった。

医者の息子が、車を買い与えられ、遊び回っていたということだ。それだけなら、さして珍しい事例ではない。

社会的に地位のある人物の子供が、とんでもない放蕩息子だ、などというのは、いつの世でも聞く話だ。

しかし、風間の場合は少し違うような気がした。おそらく、医院を継ぐことを運命づけられていたのだろう。記録によると、風間は兄弟がいない。

そして、風間はその運命に従う代償として、一年間の猶予をもらったということらしい。卒業した高校の名前を見て、私はまた意外な気がした。東京の一流私立高校の名が記されていた。

どこの高校にも、劣等生はいる。中学のときに成績がよくて、一流の高校に進んでも、途中から脱落していくという例もある。

成績が思わしくなく、いつしか遊びを覚え、暴走行為を繰り返すようになった。もしかしたら、風間はそういう少年だったのかもしれないと想像した。

私は、その想像が正しいかどうか確かめたくなった。

風間が卒業した高校に電話を掛け、当時の担任を呼び出してもらった。

「風間君が何か……?」

警察からの電話ということで、相手は警戒しているようだ。無理もない。私は、相手を安心させようとして言った。

「いえ、犯罪とか事件に直接関係したことじゃないんです。ちょっと、参考までに教えていただきたいと思いまして……」

「何が訊きたいのです?」

「風間智也君ですがね、どんな生徒さんでした?」

「どんなって……」

どうこたえていいか、迷っているようだ。「優等生でしたよ」

「優等生? 成績がよかったんですか?」

「卒業するまで、ほとんどトップクラスでしたね」

「どうして、大学に進学しなかったんでしょう?」

「わかりませんね」

教師は言った。「こっちが教えてほしいくらいです。どこの大学でも狙えるほどの実力があったんですがね……。本人が、進学は見合わせると言うんです。私はたいへん残念でしたが、何を言っても取り合わないんです。こうと決めたら、誰が何と言おうと曲げない。そんな子でしたね」

「生活態度はどうでした？」

「いたって、おとなしい子でしたよ。まったく問題ありませんでしたね。何のために、そんなことを訊くんです？」

「いえ、ちょっと興味がありましてね」

「興味？」

「本当に何でもないんです。どうも、ありがとうございました」

相手は面食らっているだろう。警察から電話があって、あれこれ尋ねられ、その理由が興味だと言われたのだ。

だが、私にはそうとしか言いようがない。

もう一度、礼を言って電話を切ると、私は考えた。

風間智也はこれまで、どういう生活を送ってきたのだろう。

おそらく、親が決めたとおりのコースを淡々と歩んできたのだろう。ひたすら、勉強をして、一流の私立高校に進んだ。

それがつまらないこととは、私は思わない。受験勉強にも、忍耐と集中力が必要だ。どんな世界でも選ばれる人間というのは、それなりの苦労をしているものだ。

そして、高校を卒業するときに、猶予の時間をもらったに違いない。運命は受け入れる。だが、その前にやりたいことをやる。

大学に入ってから遊ぶ者も多い。だが、そうした道を選ばないところが、風間らしいという気もした。

そして、彼は、自分の運命を試すように、高速道路や峠でバトルを始めたのだ。持ち前の忍耐力と集中力を発揮して、トレーニングを積んだのだろう。

そして、文字通り命を懸けることが、彼には必要だったのかもしれない。それは、これまで、自分の歩む道を決めてきた親に対する一種の復讐だったかもしれないし、あまんじて、その道を歩んできた自分に対する罰だったのかもしれない。

風間本人にとっては、黒い亡霊と噂されることは、それほど重要ではなかったのだろう。命を懸けて走ることだけが重要だったのだ。

学校の教師は、もちろん、風間が黒い亡霊であることを知らないようだった。おそらく、親も知らないのではないだろうか？

風間は、速水に峠で抜かれたことで、暴走行為をやめることにしたと言った。

それは事実だろう。

しかし、その事実は複雑だ。風間は、職業に命を懸けている速水の姿勢を感じ取ったに違いない。

それが、彼の心境に何らかの変化を与えたのだ。私はそう思いたかった。

いつの世でも、子供は大人に何かを求めている。反抗するのは、甘えなのだ。大人は、手取り足取り教える必要はない。何かを子供に示せばいいのだ。生きる姿勢を見せてやるだけでいい。

子供を光で照らしてやらなければならないのだ。それが、残照のようなかすかな光であってもかまわない。

私は、娘の声が聞きたくなった。


自宅に帰ったのは、夜の九時過ぎだった。

私は、一時間も迷った末に、娘に電話することにした。

私は覚悟を決めて、電話のボタンを押した。

呼び出し音が、四回で相手が出た。かつての妻だった。

「私だ」

「あら、珍しい。どうしたの？」

「涼子から留守電が入っていたんだ。元気か？」

「元気よ」

「涼子はいるか？」

「いますよ。ちょっと待ってね？」

代わってもらった。

「お父さん？　電話待ってたんだよ」

「捜査本部にかかりきりでな。すまなかった。紹介したい人がいるんだって？」

「そう。食事でもしない？」

「特別な人なのか？」

涼子は笑った。

「そんなんじゃないわよ。大学の友達でね、将来、警察官になりたいんだって。お父さんが警察官だと言ったら、ぜひ話が聞きたいっていうから……」

私は、それを聞いてほっとしていた。しかし、その言葉を完全に真に受けたわけではない。ただ警察の話を聞きたいだけなら、家族の食事の席に招くことはない。

「わかった」

私は言った。「母さんと日時を打ち合わせておいてくれ」

「何が食べたい？　中華？　和食？」

「何でもいい」

「オッケー」

「だが、事件が起きたら、すっぽかすかもしれんぞ」

実際にそういうことが一度ならずあった。

「そんときはそんときよ」

あっけらかんとした、涼子の言葉に救われるような気がする。

「その後、どうだ?」

沈黙の間を作りたくなくて、取って付けたように私は言った。まるで、ティーンエイジャーのようにぎこちないと思った。

「どうって?」

「何か……、その……、問題はないか?」

涼子は再び笑い出した。

「抱えている問題を挙げれば、きりないよ。つまりは、たいした問題はないということ。どうしたの? ちょっと、変。お父さんこそ、何かあったんじゃない?」

「別に何もない。食事楽しみにしているぞ」

「うん、じゃあね」

私は電話を切った。

一抹の淋しさと安堵感。

私は、窓際に立って、外を眺めた。東京の町並みが見える。目黒区青葉台の高台に建つマンションの窓からは、東京湾臨海署のある湾岸の方角の空がほんのりと明るく見えた。

私は、しばらくその景色を見つめていた。

あの日から、本当に黒い亡霊は姿を見せなくなったということだ。

私は、速水がどんな顔をしているか気になって、そっと交機隊の分駐所まで行ってみた。

速水は、駐車場で、若い隊員と立ち話をしていた。

「よう、ハンチョウ」

速水は私を見つけて言った。「俺の縄張りに何の用だ?」

「別に……。通りかかっただけだ」

「パトロールに出る。助手席に乗せてやろうか?」

「冗談じゃない。私はそれほど、暇じゃないんだ」

「残念だな。また、高速バトルを経験できるかもしれなかったのにな」

速水は、パトカーに乗り込み、派手なエンジン音を轟かせると、駐車場を出ていった。

速水は何も気にしていないように見える。本人が言っていたとおり、黒い亡霊がいなくなったからといって、どうということはないのだ。

速水は、第二、第三の黒い亡霊を見つけては、追い回し、摘発する。ただそれだけのことなのだろう。

私は、妙にさばさばした気分になって、署の外階段を昇った。

日が沈み、夕暮れがやってきたが、西の空はまだ明るい。

美しい残照だった。

解　説

長谷部史親

本書『残照』は、通称ベイエリア分署に勤務の安積《あずみ》警部補を主人公とするミステリー・シリーズの長篇である。とくに本書では、一人称の語り手を務める安積警部補のほかに、交機隊所属の速水《はやみ》が目ざましい活躍を見せてくれるので、この両者がヒーローとして対等の位置を占めるといっていいかもしれない。新興の盛り場に似つかわしい事件が発生し、それを組織的に追う警察の捜査活動を描くのみならず、随所に作者ならではの工夫が潜《ひそ》んでいるので、物語展開の面白さともども存分に味わっていただきたい。

なお安積警部補に関しては、過去に神南《じんなん》署に勤務していた時代の事件を扱った作品もいくつか書かれている。多種多様な作風を繰り広げてきた作者にとって、かなりの愛着を覚えるキャラクターのひとりなのであろう。ただしシリーズではあっても、他の作品に目をとおしていなければ、もしかして物語世界に親しめないのではないかといった心配は無用である。それどころか本書は、シリーズの一冊だという事実すら意識させないくらい独立した作品なので、たぶん安心して手にとってもらえるにちがいない。

物語は深夜の東京の台場で、十八歳の若者が殺されるところから始まる。死因は刃物による傷であり、どうやら背後から刺されたようだった。被害者は少年たちで構成されるグループのリーダー格で、他の同種のグループとの抗争が絶えなかったらしい。事件の直前にも現場近くで小競り合いが見られ、出動してきた安積警部補らも当初はその線にねらいを定めようと考える。そして周辺の目撃情報を集めた結果、現場から黒いスカイラインが急発進して去ったことが判明し、かくて当面の捜査目標が定まった。

半ば偶然にも助けられて交機隊が、問題のスカイラインを追尾しながら振り切られており、走行の特徴や車体ナンバーなどによって風間智也の名前が浮かび上がる。風間はまだ十代のはずなのに抜群の運転技術を誇り、けっして徒党を組まずに神出鬼没ぶりを発揮するがゆえに、黒い亡霊の異名を奉られるとともに少年グループから一目おかれる存在だった。ところが、安積警部補の要望で捜査本部に加わった交機隊の速水の見解によると、まちがっても風間は背後から人を刺して逃げるような男ではないという。

いったいに捜査に携わる警察官は、決まった手順にしたがわなければならず、独断にもとづく暴走は許されない。ベイエリア分署こと東京湾臨海署に勤める安積警部補には、むろん直接の上司がいる。また殺人事件に際しては、本庁から派遣された人員をまじえて設置される捜査本部の方針が絶対だった。風間こそが下手人だと見なす捜査本部の趨勢《すうせい》に反して、他に犯人がいるのではないかと考える安積警部補や速水が、内憂外患の苦境に陥りつつも丹念に手がかりを拾い集め、徐々に真相に迫るのが本書の眼目である。

その過程で見逃せないのが、特異な速水のキャラクターであり、さらには彼が本領を存分に示したカーチェイスの場面であろう。風間の運転するスカイラインに負けじと、法の許す範囲でチューンナップを施したスープラを駆る速水の真剣味は、同乗した安積警部補が肝を冷やすくらい迫力に富んでいる。生命の危険すら顧みず速水が追い込む気概《きがい》を見せたからこそ、大人に対して頑《かたく》なな態度をとり続けた風間が自らの意思で折れ、おかげで捜査に新局面が開ける点は、かなり重要なポイントではなかろうか。

余談ながらカーチェイスといえば、昨今では映画やTVドラマの刑事ものでも盛んに取り入れられている。私の乏しい見聞では、洋画なら一九六八年の『ブリット』において、スティーヴ・マックィーンがサンフランシスコの坂道を舞台に無鉄砲なカーチェイスを繰り広げたあたりで火がつき、クリント・イーストウッド主演による七一年の『ダーティハリー』を境に一気に顕在化した。むろん本書は、映像とは表現媒体の異なる小説ではあるけれども、著名な映画作品の数々とイメージを重ねてみるのも一興であろう。

さらに細部に着目すると、四十代半ばに設定された安積警部補が、とかく自身の世代の特性を意識する叙述に気がつくにちがいない。世間一般では働き盛りと呼ばれる年齢層のひとりであり、もちろんそれはまちがいではないけれども、日ごろのトレーニングを怠《おこた》っているばかりに、ちょっと全力疾走しただけで息が上がったりもする。そんな愛すべき安積警部補が、自分よりも少し上の世代および彼らの生んだ子どもたちに接したときに、しばしば過剰に思えるくらいの反応を示すのは、いったいなぜなのであろうか。

一人称の語り手だから、どうしても感情移入して読んでしまうのが当然だとはいえ、おおまかに要約するなら安積警部補の世代は、いわゆる全共闘世代が大胆に自己を主張し、青春の鬱屈《うっくつ》を発散させた後ろ姿を眺めながら育ってきた。思うがままに発言し行動したい本能的欲望がつのっても、もはや実現の余地はわずかしか残っていない。ある意味で安積警部補は、若さの特権を振り回す機会を逸し、もどかしさを水面下にためこみつつ、早く大人になることを期待された世代を象徴するような人物だともいえる。

いささか逆説めいてくるが安積警部補と速水が、互いに大人になりきれない部分を確認し合うのも、青春を存分に謳歌《おうか》できないまま急いで大人になってしまった悔恨《かいこん》や自嘲のせいなのではなかろうか。かたや現代の若者の風俗や文化に視線を向けると、自分たちの世代が一種の過渡期の役割を演じたことがわかり、極論するなら双方の橋渡しの責務を痛感させられる。本書や安積警部補シリーズだけにかぎらず、こんなふうに世代文学としての側面から今野敏の小説をとらえてみるのも、あながち無意味ではあるまい。

辛気臭い話題はともかくとして、主要な舞台となっている臨海副都心そのものも大いに注目に価する。もう忘れてしまった人が少なくないかもしれないが、一九九五年に当時の都知事の意向によって世界都市博の中止が決まったがために、臨海副都心構想は軌道修正を余儀《よぎ》なくされ、いくぶんいびつな形で発展を遂げざるをえなかった。加えて近年では、大規模なカジノ設置計画が持ち上がっており、もしかしたら小説世界におけるベイエリア分署は、今までにまして厄介な問題を抱えこむことになるかもしれない。

冗談はさておき、ちょっと調べてみたら臨海副都心は東京で七番目の副都心なのだそうである。公的な「首都圏整備計画」や「東京都長期計画」などによれば、他に新宿を筆頭に渋谷、池袋、上野・浅草、錦糸町・亀戸、大崎の各地区が副都心構想に含まれているらしい。次いで足立区の千住地区が、八番目の副都心に名乗りを上げているとのことで、これは直接の関係者でないと、東京界隈に暮らしていてもほとんど知らないだろう。臨海副都心に興味をもったおかげで、はからずも勉強になってしまった。

なお安積警部補シリーズの諸作品のいくつかを思い出すと、たとえば『二重標的――ダブルターゲット』や『虚構の標的』などにも速水が登場するし、とくに後者では縦横の活躍を見せてくれる。また作品集『陽炎』は、一話ごとに視点を変えてベイエリア分署の面々にスポットを当てており、本書の読者にとってはいっそう興趣が深いにちがいない。

さらに作者の今野敏は、小説家であると同時に拳法師範や整体師の顔をもっており、そちらの方面に材をえた作品もたくさん手がけていることを付記しておく。

（はせべ・ふみちか／文芸評論家）

本書は二〇〇〇年四月に小社より単行本として刊行されました。
本作品はフィクションであり、登場する人物、団体、組織名など
架空のものであり、実在するものとは一切関係ありません。

Haruki Bunko
ハルキ文庫

こ 3-12

残照《ざんしょう》

著者 今野《こんの》 敏《びん》

2003年11月18日第 一 刷発行
2024年 4 月 8 日第十六刷発行

発行者 角川春樹

発行所 株式会社角川春樹事務所
〒102-0074 東京都千代田区九段南2-1-30 イタリア文化会館

電話 03(3263)5247(編集)
03(3263)5881(営業)

印刷・製本 中央精版印刷株式会社

フォーマット・デザイン 芦澤泰偉
表紙イラストレーション 門坂 流

ISBN4-7584-3076-4 C0193
http://www.kadokawaharuki.co.jp/[営業]
fanmail@kadokawaharuki.co.jp[編集] ご意見・ご感想をお寄せください。

今野 敏 安積班シリーズ 新装版

ベイエリア分署篇

『二重標的《ダブルターゲット》 東京ベイエリア分署』
今野敏の警察小説はここから始まった‼
巻末付録特別対談第一弾！ **今野 敏×寺脇康文**（俳優）

『虚構の殺人者 東京ベイエリア分署』
鉄壁のアリバイと捜査の妨害に、刑事たちは打ち勝てるか⁉
巻末付録特別対談第二弾！ **今野 敏×押井 守**（映画監督）

『硝子《ガラス》の殺人者 東京ベイエリア分署』
刑事たちの苦悩、執念、そして決意は、虚飾の世界を見破れるか⁉
巻末付録特別対談第三弾！ **今野 敏×上川隆也**（俳優）

ハルキ文庫